CB046235

Tripé do tripúdio

Obras reunidas de Glauco Mattoso

Tripé do tripúdio e outros contos hediondos
A planta da donzela [no prelo]
Manual do podólatra amador [no prelo]

Glauco Mattoso

Tripé do tripúdio
e outros contos hediondos

Posfácio de
Antonio Vicente Seraphim Pietroforte

TORDSILHAS

Copyright © 2011 by Glauco Mattoso

Todos os direitos reservados. Nenhuma parte desta edição pode ser utilizada ou reproduzida – em qualquer meio ou forma, seja mecânico ou eletrônico –, nem apropriada ou estocada em sistema de banco de dados, sem a expressa autorização da editora.

O texto deste livro foi fixado conforme o acordo ortográfico vigente no Brasil desde 1º de janeiro de 2009.

REVISÃO Otacílio Nunes, Akira Nishimura e Bia Nunes de Sousa
PROJETO GRÁFICO Kiko Farkas e Thiago Lacaz/Máquina Estúdio
CAPA E SOBRECAPA Kiko Farkas e Mateus Valadares/Máquina Estúdio
IMAGEM DE SOBRECAPA Le model rouge (detalhe), René Magritte (1898-1967), óleo sobre tela, 56 x 46 cm, 1935, Musée d´Art Moderne, Centre Georges Pompidou (Paris, França). Ex-Edward James Foundation, Sussex, UK/© DACS/The Bridgeman Art Library International

1ª edição, 2011

Dados Internacionais de Catalogação na Publicação (CIP)
(Câmara Brasileira do Livro, SP, Brasil)

Mattoso, Glauco
Tripé do tripúdio / Glauco Mattoso; posfácio de Antonio Vicente Seraphim Pietroforte.
–São Paulo : Tordesilhas, 2011.

ISBN 978-85-64406-10-0

CDD-869.93

1. Contos brasileiros I. Título.

11-05449

Índices para catálogo sistemático:
1. Contos : Literatura brasileira   869.93

2011
Tordesilhas é um selo da Alaúde Editorial Ltda.
Rua Hildebrando Thomaz de Carvalho, 60
04012-120 – São Paulo – SP
www.tordesilhaslivros.com.br

Sumário

O desocupado 9
O aprendizado 14
Dominação no condomínio 18
Provação e reprovação 26
Dialética diurética 34
Cárcere privê 40
Tripé do tripúdio 47
O michê bichado 53
O sexagenário sedentário 58
Estatura da criança e do adolescente 64
Papel anti-higiênico 70
O massagista masoquista 79
A noite do porteiro 85
A semente semita 91
O quichute do quichua 97
Lição de casa 104
Canil estudantil 114
O zelador felador 123
A chanca e a cancha 130
História oral 136
As sandálias da humildade 142

Jugo conjugal   147
Dinheiro suado   153
O incomodado que não se mudou   162
O roto e o esfarrapado   168
Posfácio   175
Sobre o posfaciador   185
Cronologia   187
Bibliografia   193

Tripé do tripúdio

O desocupado

O soneto 583 me veio quando lembrei dum cara que morava no meu prédio, não este onde moro, mas no mesmo bairro, defronte à padaria da rua Eça de Queiroz. O sujeito era bem novo (tinha uns dez anos a menos que eu, nos meus trinta), mas não andava enturmado. Quase não saía, talvez porque não tivesse grana, talvez porque não tivesse amigos, ou uma coisa por causa da outra. Ficava o tempo todo zanzando pelo quarteirão, da portaria do prédio à esquina, da esquina para a padoca. Ali batia ponto e papo com outros habituais fazedores de hora e, eventualmente, filava uns comes ou, sobretudo, uns bebes que alguém pagasse. Namorada não tinha, ou melhor, vivia rodeando as vizinhas mais abertas à conversa, e por algum tempo foi visto sentado no jardim com a filha do zelador, mas logo a menina dividiu o banco com o manobrista da garagem, e nosso herói voltou a zanzar com cara de quem não comeu e não gostou.

A mim o que chamava atenção era a sandália havaiana que ele não tirava do pé. Na época eu era bancário e costumava me vestir sobriamente: não se usava mais terno e gravata, mas camisa, calça e sapato tinham que ser sociais. A molecada, por outro lado, exibia na rua suas roupas folgadas e coloridas, seus tênis colossais e chamativos. Mas o cara não acompanhava moda alguma: vestia-se com desleixo, parecia usar sempre a mesma camiseta e o mesmo calção.

As havaianas eu tinha certeza de que eram as mesmas. Nunca fui muito atraído por chinelo ou sandália: as botas (especialmente coturnos) e os tênis me sugeriam as cenas tribais de então: hippie ou punk, rockabilly ou skinhead. Sexo e poder marchavam juntos, simbolizados, para mim, nas solas pisando caras, de preferência a minha cara.

Mas se a sandália de dedo não me seduzia, o dedão exposto sim: era mais curto que o segundo artelho, e o pé espalhado e chato, formato que me fazia viajar de volta à meninice, quando fui abusado por moleques de periferia, um dos quais tinha pé assim e me pisou na boca, obrigando-me a lamber, antes que os demais me currassem. A reminiscência, que me perseguiu pelo resto da vida, voltava naqueles momentos em que eu cruzava com o marmanjo no saguão do condomínio ou na calçada, mas ele era tão desligado que nem reparava em meu olhar fixo no chão, fascinado por aquela prancha descalça e apoiada numa palmilha gasta e encardida.

Na verdade ele só aparentava ser sonso, pois bem que me manjava, apesar da minha discrição no relacionamento com os vizinhos. Não que eu não fosse assumido: àquela altura já tinha participado do grupo SOMOS e colaborado no *LAMPIÃO*, e minha poesia francamente erótica e sadomasoquista circulava impressa. Só que, no prédio como no banco, eu preferia não dar muita bandeira e achava melhor preservar minha privacidade. Sempre que recebi visitas de "amigas" mais "pintosas" ou "fechativas" (como se dizia na gíria *camp* da época), contudo, lá estava o rapaz de olho, parado como que por acaso na escadaria da entrada, enquanto eu as acompanhava até o portão ou saía junto.

Não tardou para que o gelo se quebrasse. Uma manhã fui xerocar um artigo do *LAMPIÃO* e ele aguardava, no balcão da papelaria, enquanto o balconista me atendia. Não me perturbei quando o vi ali ao lado, mas não pude disfarçar a olhadela que dei para confe-

rir se aquele pezão calçava as indefectíveis havaianas. Na saída, ele me encarou com aquela expressão de folgado e riu triunfalmente, escancarando os beiços, como se tivesse flagrado uma ninfeta tomando sol sem sutiã na piscina do edifício ao lado. Apontou para o tabloide na minha mão e perguntou com forçada intimidade:
— Você lê esse jornal? Não é só bicha que lê isso?
Resolvi dar trela, mas sem perder o cacoete da militância:
— Não só leio como escrevo nele.
— Ah, então você também é?
— Entre outras coisas.
Respondi já me pondo a caminho, para o caso de que ele reagisse com hostilidade: se me desfeiteasse, ficaria falando sozinho. Mas ele passou a caminhar a meu lado, insistindo no papo, e continuei jogando verde:
— E você? Também já leu, não foi?
— Nããão! Só tinha visto na banca! E você escreve o que aí?
— Poesia.
— Poesia?
— De sacanagem.
— Ah! E que tipo de sacanagem?
— Tudo o que você pode imaginar.
— Vem cá: é verdade que todo viado adora chupar rola?
Olhei para os lados, achando que estariam nos ouvindo, mas a calçada não estava muito movimentada e já chegávamos ao prédio. Entramos e segui direto para o sofá do saguão, sentando-me e esperando que ele me imitasse. Não hesitou, interessado que estava na continuidade do diálogo. Fui bem didático e objetivo:
— Nem todo mundo gosta de tudo. Que eu saiba, a maioria dos gays curte chupada e nem todos dão o cu. E tem gay que curte outras coisas, como eu.
— Que outras coisas?

— Chupar pé, por exemplo.
E mirei o olhar no pezão. Ele fez o mesmo, até ergueu a perna cruzada, ostentando as unhas mal cuidadas:
— Sério? Você chuparia um pé de macho?
— Com o maior capricho.
— Mesmo sujo, suado?
— Principalmente.
— Mas só o pé? Mais nada?
— O resto depende.
— Depende do quê?
— Do que eu for mandado fazer.
— E se fosse eu que mandasse?
— Eu chupava seu pé e o que você quisesse.
— Chupava agora?
— Só não chupo aqui porque não quero plateia.
— No seu apê?
— Claro!
Quando ele se levantou percebi o pau duro sob o calção. Subimos e, assim que ele bateu o olho no meu barzinho, esqueceu momentaneamente o tesão, magnetizado pela coleção de decantadores de cristal que se perfilavam na prateleira, cada um contendo uma tonalidade de licor. Claro que ia pedir, mas não esperei e ofereci. Ele se acomodou numa poltrona, servi-lhe o drinque, e dali a pouco, fingindo ou não, o cara estava suficientemente "anestesiado" para, se fosse o caso, esquecer tudo o que se passaria no apartamento do bancário solitário. Mas não foi o caso, pois ele percebeu que a situação poderia se repetir da forma mais conveniente: ele interfonava e subia quase todo dia, mas já não pela manhã, quando eu me preparava para sair ao trabalho. Ficou combinado que ele podia me chamar depois das oito da noite, sempre que quisesse, e eu só não o receberia se estivesse muito ocupado ou se tivesse

compromisso fora. A partir daí, o cara me frequentou sem a menor cerimônia e se serviu sozinho de seus drinques, enquanto eu lhe prestava o serviço no pé.

— Tive uma cadelinha que fazia isso mesmo na minha sola!

— E isso? Fazia também?

— Ah, isso não! Cachorro não chupa! Cachorro só fica passando a língua... Faz de novo, engole o dedão! Tá cheirando muito forte?

— Tá.

— Mas é isso que você quer, não é? Então guenta, uai!

Não, ele não era mineiro, era do norte do estado, perto da divisa do Triângulo. Estava morando apenas temporariamente com a avó, mas voltaria dali a meses para sua cidade. Enquanto pôde, se esbaldou na minha poltrona. Como gostava de me ver ajoelhado entre suas coxas! Com que satisfação comandava cada lambida minha em seu caralho torto e sebento! Com que naturalidade apoiava os pés no braço da poltrona, para que eu lhes lavasse a sola chata com a língua! E como esporrava abundantemente, uma porra grossa e ardida, quando o caralho sentia a língua deslizando por baixo da chapeleta! Ao perceber que ele delirava com esse movimento, tratei de repeti-lo com o máximo de suavidade e lentidão, para ouvir o cara murmurando tão baixinho que parecia estar falando de si para si, talvez recapitulando suas próprias fantasias solitárias:

— Chupa gostoso, chupa gostoso! Chupa chulé! Chupa mijo! Chupa, porquinho! Ah! Porquinho!

Fiquei com aquela palavra, porquinho, na cabeça. De vez em quando, na punheta, cochicho comigo essa palavra e gozo feito doido, imaginando que hoje em dia, com esse desemprego todo, deve haver muito mais neguinho desocupado andando de havaiana por aí... Só que nem todos têm pé chato e dedão mais curto.

O aprendizado

O soneto 653 me veio quando, através dum amigo americano, fui apresentado a outro usuário de computador falante que, como eu, está totalmente cego e se sente abusado pelos caras que enxergam. Compartilhávamos ambos os mesmos obstáculos materiais e sociais; a ele pesavam, porém, dois problemas adicionais: obesidade e inaptidão para chupar. Morando nos States, tinha a seu alcance o diversificado cardápio de preferências sexuais oferecido por grupos gays, clubes, associações e agências de classificados eróticos, inclusive sítios especializados em deficientes físicos, como o www.bentvoices.org — mas, assim como eu já constatara ao visitar portais análogos em português, como o http://scegos. planetaclix.pt, também ele percebeu quão palpável continua sendo a situação de estar discriminado como gay entre os cegos e como cego entre os gays. Mais ainda, no caso dele: discriminado como cego gay entre os gordos.

Já no primeiro "emeio" que trocamos, Bob transcreveu os termos em que se dirigiu ao colunista virtual que assinava a seção de aconselhamento dum daqueles sítios: "I am a totally blind, very heavy guy. My problem is that, when I find guys interested in being with me, I run into a roadblock because I don't like to suck cock. I have tried, and I find it really unpleasant. I am good with my hands, and can usually make a guy come easily, especially if I use a bit of oil. But many (probably most) guys want someone who can suck, and I just don't enjoy doing this."

O colunista, como de praxe entre americanos, foi bem direto ao ressalvar que a chupeta não era a única maneira de satisfazer um parceiro: "If the oral thing doesn't work for you, don't worry. Go on to something else that you are expert at. Tit play, foot play, anal probing, masturbation, verbal, fantasy; it all depends on finding out what gets your man going and using that knowledge to your mutual advantage". Mas dava a entender que, se Bob abrisse mão do próprio prazer, ficaria mais fácil achar a quem satisfazer: "Yes, I am happy to say that there are guys out there who are more concerned with getting their partners off than gratifying themselves. There are even men for whom orgasm is irrelevant". E sugeria que Bob tentasse aprender a chupar como o bebê aprende a mamar: "As far as teaching cocksucking goes, I think most guys would say that once exposed to one, the art of sucking comes as naturally as feeding does to a baby". Resumindo: se não gosta de chupar, faça o sacrifício e encare-o masoquisticamente como gratificante pelo simples fato de que o parceiro está gozando.

Bob relutou antes de ceder à realidade de que, inferiorizado pela limitação física, não lhe restava muita escolha. Mas o aprendizado não era tão espontâneo quanto afirmava o colunista, e meu balofo correspondente só conseguiu vencer a repugnância e dominar a "arte" depois que contatou, numa sala de bate-papo, um parceiro disposto a guiá-lo, comandando cada movimento.

Esse mestre era um típico "nerd": adolescente de seus dezessete, muito dentuço, espigado e pescoçudo, pés e mãos tão descomunais quanto os óculos, roqueiro viciado no som dos Ramones, punheteiro desbragado, apreciador de "snuff movies" e jogador de "games" politicamente incorretos, tipo campo de concentração ou cativeiro

de sequestro. O molecão já tinha deixado várias bichas chuparem sua bengala branca e sabia muito bem de que jeito queria ser servido, mas a perspectiva de vê-la na boca dum cego gordo e desajeitado arrancou-lhe a automática exclamação: "Uau! Cobaia nova!".
Foi, do Bronx, ao encontro de Bob, em Manhattan. A "cobaia", inteirada das manias do marmanjo, palpitou: "Já sei: você acha que os deficientes são assim porque Deus quer e que, por isso, ninguém precisa ter sentimento de culpa se, pra dar prazer, o deficiente tiver que sofrer mais um pouquinho, certo?".
O "nerd" foi reciprocamente cínico: "Errou. Não estou nem aí se Deus quer ou deixa de querer. Pra mim não é Deus que conta, é a natureza. Se alguém nasce defeituoso ou sofre um acidente, a natureza não dá colher de chá: ou se vira ou é um micróbio a menos na poeira do universo. Por isso é que não sinto remorso, sacou? Você está aí pra chupar e eu estou aqui pra fazer você chupar. Trate de dar o melhor de si, só isso". Falava sem parar de mascar seu chiclete, com aquela indiferença característica dos "teenagers" metidos a intelectuais.
O gordo fez o melhor que pôde. O pau do moleque aumentou-lhe o volume das bochechas, embargou-lhe a voz, dobrou-lhe a língua e sujou-lhe o paladar com sabores de odores de mictório, que o cego já reconhecera em sua própria cueca na hora de ser lavada. Bob trabalhou sem desanimar, mesmo quando as gargalhadas do cara tiravam-lhe a concentração, pois estava determinado a dar-lhe gozo como ninguém antes dera, como nenhuma dessas bichas de rua, escrachadas e escrotas. Ele, Bob, mostraria a esse varapau pretensioso que um cego gordo é capaz de felar melhor que uma puta rampeira.
"Tem que ir arregaçando devagarinho! Assim! Passa a língua na volta toda! Isso! Que tal o gosto do queijo? Hem? Tem que saborear cada floquinho! Vamos lá, quero ver, na pontinha da língua! Estica

e mostra! Isso! Agora vai lambendo até tirar tudo! Sem pressa! Por que essa cara de nojo? Vamos lá, quero ver mais alegria! Agora melhorou! Tem que fazer cara de leitãozinho feliz!" Os grunhidos de Bob, a cada comando do jovem, corroboravam a imagem do porquinho glutão refocilando no caralho babado. O estudante imita o tom de voz do mais fodão dos seus professores. Quando o pau bombeia até o fundo da goela, cortando o fôlego do gordo, a voz engrossa mais um pouco: "Engole mais! Tem que aguentar! Se vomitar vai ter que limpar com a língua! Quer apanhar na cara? Vamos lá, de novo! Engole, porra!".

Esforçou-se, mas da primeira vez levou quinau daquele professor com cara de colegial: o gordo não controlara sua ansiedade, fora com muita sede ao pote, e sua afobação fez a porra jorrar antes da hora. O moleque queria prolongar a sessão, coisa que rolou mais naturalmente nos encontros seguintes. Bob teve de admitir —e sinto-lhe a sinceridade nas mensagens internáuticas — que havia muito a aprender, e engoliu, juntamente com o orgulho de adulto deficiente mas autossuficiente, um caralho imaturo mas convencido da superioridade de quem tem visão normal, ainda que corrigida pelos óculos fundo-de-garrafa do nerdão.

Não tenho muitos detalhes sobre o fim que levou esse benemérito fodedor de bocas. Parece que começou a sair com a mais fodona de suas professoras e, vendo que dava certo com as mulheres, esqueceu-se do cego obeso, como das bichas de rua. Outros mestres apareceram, prontos a treinar um perseverante aprendiz.

Continuamos trocando "emeios", eu e Bob, até hoje, e fui obrigado, por minha vez, a confessar que tenho bons motivos para invejá-lo, não pelo sobrepeso, mas pelo fato de estar num país onde os adolescentes são mais desinibidos que a tímida molecada daqui, que, quando tem coragem de contatar, não tem para ensinar nem para aprender.

Dominação no condomínio

Sonetos como aqueles dois "do (con)domínio" (817 e 818) me vieram quando o zelador do meu prédio, ao cruzar comigo no saguão, disse ter revisto na rua o tal Rolando, já nos seus vinte e poucos, andando de esqueite como se ainda estivesse nos treze e fumando como se fosse adulto. Rolando não morou neste condomínio, mas foi o garoto mais famoso do quarteirão, e todos os zeladores, porteiros e vizinhos o conheciam. A fama é que não era nada boa: aprontou com crianças e adultos. Seus próprios pais, ao que se sabe, preferiam fazer de conta que o diabrete era um anjo a ter de enquadrá-lo, e simplesmente ignoravam quaisquer reclamações. Não sei se houve alguma ocorrência policial, mas imagino que a conduta do moleque deu bons motivos para tanto.

Na época, quem me contou foi um amigo que morava no mesmo prédio de Rolando. Havia já certo tempo que Diego (o referido amigo) vinha atentando para as tendências sádicas do menino, as quais, somadas ao natural espírito de liderança, faziam dele ídolo da turminha na faixa dos onze a doze. Outro moleque se destacava nessa gangue: Nelinho, fosse pelo porte físico mais avantajado que a média (dando-lhe aparência de maior idade), fosse pela sexualidade indomável que escoiceava num corpo quase adulto atropelando a mentalidade infantil, fosse pelo sadismo comparável ao de Rolando. Nelinho só não era líder porque lhe faltava a inteligência: estava, digamos, mais atrasadinho nos estudos que seu coleguinha de travessuras.

Foi quando veio morar ali uma família de angolanos refugiados da violência das guerrilhas africanas. Família acéfala, já que o pai morrera por lá, vítima dalguma mina terrestre. Só a mãe e o casal de filhos habitavam o apartamento de três quartos, cujo aluguel era pago sabe-se lá como e por quem. A menina, gordinha e esperta, era quem tomava conta do irmão, embora este tivesse um ano a mais que ela. Acontece que o menino, muito dócil e ingênuo, caiu logo na mira da gangue de Rolando e, quando a irmã não estava por perto para estrilar e pedir socorro à mãe ou a qualquer adulto, Noel acabava levado pelos capetas a algum canto, onde o "zoavam" à vontade.

Coisa que pouca gente sabia: Rolando se encarniçou no sadismo incitado pelo irmão mais velho, então beirando os dezoito e prestes a ingressar na faculdade de medicina. Certa vez, Diego vinha entrando no edifício quando, ao transpor o portão, avistou, no topo da escada de acesso à portaria, dois garotos atracados no chão, como se brincassem de lutar. Ao lado, em pé, o irmão de Rolando apenas observava. Diego não deu importância à cena banal entre crianças, mas notou que o rapaz mais velho instruía os garotos e, ao ver que Diego subia os degraus, afastou-se e saiu, deixando os menores brincarem livremente. Ao passar por eles, Diego ouviu a pergunta de Rolando dirigida a Noel, que, de quatro, deixava-se cavalgar pelo mais forte:

— Então? Vai ser meu escravo?

— Não! — gemia o negrinho, mas continuava debaixo das pernas de Rolando, sem esboçar reação física.

— Ah, vai sim! Vai ser meu escravo! — e Rolando chamava a atenção do porteiro que, de dentro da cabine, assistia à cena sem ousar intervir, quem sabe até curtindo o espetáculo:

— Olha só, Mané, olha só quem virou meu cavalo!

Diego, que já se encaminhava para o saguão do elevador, não resistiu à curiosidade e voltou-se a tempo de presenciar a prostração de Noel diante dos pés de Rolando, que lhe ordenava:

— Beija o chão! Agora beija meu tênis! Isso!

Para não cortar o barato dos meninos, Diego fingiu que esperava o elevador sem prestar atenção ao jogo, mas Rolando, empolgado pela emoção da nova brincadeira, arrastou Noel para o pátio de trás e ambos perderam-se de vista.

Algum tempo depois, Diego comprovou que Noel se convertera em gato e sapato de toda a galera. A gorducha, que finalmente encontrara suas próprias amiguinhas, desistiu de bancar a guarda--costas do pobre maninho, e já não se lhe ouviam os berros cada vez que Rolando e seus capangas se acercavam de Noel com o fatal risinho maquiavélico a sinalizar novas humilhações, além das habituais ordens para ajoelhar, rastejar, deixar-se pisar no rosto e servir de capacho, descalçar tênis com a boca, imitar bichos domésticos e selvagens. Passo a palavra a Diego para que ele mesmo relate:

"Duas coisas, Glauco, de que não tenho dúvida: a molecada pegou o negrinho pra Cristo não só por causa da cor (mais comum nos filhos de faxineiras que de inquilinas), mas principalmente por ser forasteiro e órfão de pai; de sua parte, Noel não oferecia resistência não só porque Rolando estivesse enturmado, mas também porque o algoz tinha cobertura do irmão 'instrutor', o qual maquinava o jogo e ficava de camarote.

Uma vez eu lia no jardim quando, no banco ao lado, sentou-se o instrutor e, na grama, rolavam Rolando e Noel. Sem se importar com minha presença (ou até fazendo questão que eu presenciasse), o instrutor advertia Noel para que se deixasse cavalgar por Rolando, ou seria pior. Assim que o cavaleiro trepava às costas do quadrúpede, o próprio instrutor comentava:

— Xi, ele montou! E agora?

A leitura da frase não podia ser mais irônica: Por que será que o bobinho não revida? Por medo ou porque reconhece a inferioridade? Meses mais tarde, a coisa já amadurecia. Do meu habitual ponto de observação, onde eu fingia estar concentrado no livro, acompanhei o trote que, sob as vistas do instrutor, toda a gangue aplicava em Noel. Molharam-no inteiro, jogaram farinha por cima, obrigaram-no a assobiar o hino nacional marchando de joelhos. Nelinho, radiante de alegria, ria até não poder mais e, virando para o instrutor, sugeria:

— Faz ele chupar seu pau!
— Faz você! — ria de volta o manão de Rolando.
— Ah, eu faço mesmo!

Não fizeram ali, à vista de quem passasse, mas fiquei sabendo que fizeram no topo do prédio, entre os muros que cercavam o terraço da laje superior, um esconderijo ao qual só tinha acesso quem fazia manutenção de instalações hidráulicas, mas cuja porta Rolando dera jeito de abrir. Parece que frequentavam o antro com regularidade, a julgar pela profusão de pichações e pelo cheiro de maconha que vazava para as escadarias do bloco. Aliás, a molecada adorava descer pela escada, sempre em desabalada carreira e tocando todas as campainhas dos apartamentos, isso quando não se optava por apostar corrida entre o elevador social e o de serviço, a segunda e divertida alternativa.

No ano seguinte, o irmão de Rolando foi estudar no interior e a família de Noel se mudou para o Rio. Nosso sossego não aumentou com a ausência do mentor e do escravo, pois Rolando e Nelinho continuavam vandalizando nas áreas comuns e fazendo lenda nas redondezas. Mas a partir de então eu parei de ouvir, de dentro da minha sala, a voz estridente de Nelinho a chamar, lá de baixo, até que Noel aparecesse na janela, alguns andares acima do meu:

— Noel! Desce aqui! Já! É uma ordem!

Certa tarde, quando eu lia com mais tranquilidade naquele recanto ajardinado, vejo Rolando cercado pelos amiguinhos, mostrando-lhes a carta que acabava de abrir.

— É do Noel! — gabava-se Rolando.
— Ele escreveu pra você? — admirava-se Nelinho.
— Ah, mas é só pra mim! Não deixo ninguém ler!

E correu para casa, enquanto os companheiros trocavam sorrisos de curiosidade. Matutei comigo sobre quais insondáveis motivos levariam o negrinho a manter correspondência com seu carrasco, um gesto tanto mais inusitado quando sabemos da ojeriza que moleques dessa idade têm ao texto escrito e ao hábito da leitura. A carta era, evidentemente, um troféu para a vaidade de Rolando, mas até que ponto chegaram as relações de Noel com ele era o que me intrigava. Algum esclarecimento só obtive depois que o próprio Rolando se mudou, com os pais, para outro bairro. Nelinho, que parecia ter ficado mais bobão sem a companhia do ídolo, amansou seu ímpeto predador à medida que assumia contornos de marmanjo balofo, e aos poucos fui me aproximando dele no papo. Um dia peguei-o de jeito e interroguei-o longamente. O diálogo rolou mais ou menos como vai abaixo.

— Ué, cadê a molecada? Não vejo mais vocês aprontando... Só porque o Rolando mudou você ficou mais quieto?
— Ah, antes era mais gostoso!
— Por quê? Tinha mais escravo pra ser zoado?
— Ah, se tinha! Tinha o Noel... o Serginho... o Cacá... mas todo mundo tá mudando!
— Mas quem era mais gostoso de zoar?
— Ah, o Noel, claro!
— Por quê?

— Ele obedecia tudo, sem chiar. Os outros só queriam escapar, a gente tinha que ficar segurando na marra.
— Segurar pra quê?
— Várias coisas... cuspida na cara, dentro da boca... uns tapas... uns chutes...
— Que mais?
— Uns boquetes... de vez em quando.
— Todos eles tinham que pagar boquete?
— Não, boquete só o Noel pagava. Primeiro pagava pro Rolando, depois o Rolando me emprestava o escravo e eu tirava minha casquinha...
— Emprestava só pra você?
— Só. Ele achava que era dono do Noel, mas pra mim ele emprestava porque gostava de ver o Noel me chupando.
— No apê de quem?
— De ninguém. A gente ia lá pro terraço, quando dava.
— Nunca pegaram vocês?
— Não dava tempo. Se viesse alguém a gente parava. Só podiam mandar a gente descer de lá.
— Mas e se não aparecesse ninguém pra atrapalhar? Que acontecia?
— Ah, aí a gente tirava um sarro legal. O Noel tinha que chupar o Rolando até ele gozar. Depois era minha vez.
— E o Noel chupava direitinho?
— Tinha que chupar. No começo ele enjoava com a pica do Rolando, mas foi acostumando e já engolia quase inteira.
— E com a sua, ele acostumou?
— Demorou mais, porque a minha é maior... não cabe toda. Eu fazia ele lamber bastante, depois ele tinha que me punhetar enquanto eu metia a cabeça até onde dava.
— Ele aguentava numa boa?

— Não, mas a gente não dava moleza. Enquanto não fizesse o que a gente mandava, não podia se livrar. Eu catava ele pela orelha e metia bronca.

— E a porra? Ele engolia?

— Ele que experimentasse não engolir! Até mijo ele teve que engolir!

— Quem mijou? O Rolando?

— Eu que tive a ideia, mas acho que ele bebeu o mijo do Rolando quando ficavam sozinhos.

— E o Rolando? Preferia ficar sozinho com ele ou gostava mais quando você estava olhando?

— Acho que gostava igual. Tudo era legal. Eu também peguei o Noel sozinho, mas o Rolando não sabia, senão não deixava...

— Ele queria ser o dono do Noel?

— É, ele achava que o Noel era escravo particular dele, e só emprestava quando queria assistir o carinha me chupando.

— Por que você acha que ele gostava de assistir?

— Ele falava que queria ver se minha rola ia caber na boca do Noel. Uma vez ele mediu até onde entrou.

— E entrou até onde?

— Ah, até a metade...

— E depois que o Noel mudou? Quem ficou chupando vocês no lugar dele?

— Ninguém. Mas aí a gente ficou conhecendo aquelas minas do cortiço... Aí virou festa!

— Quer dizer então que o Noel faz alguma falta...

— Fez mais pro Rolando. O pau do Rolando ele mamava com gosto, mesmo. Parece até que o cara nasceu pra ser escravo, e que o Rolando só queria gozar na boca dele. Era que nem um tênis, tem que ser nosso número, senão não serve, né?

— E as meninas? Chupam bem que nem o Noel?

— Nem todas. A maioria tem nojo, não gosta do cheiro, fala que tem sebinho... um saco! Mas como elas têm buraco até de sobra, a gente goza, dum jeito ou de outro...
— Mas boquete igual ao do Noel...
— Ah, é difícil! O Rolando falava que só bicha velha é capaz de chupar assim...
— Bicha velha? Da minha idade?
A resposta à última questão é um segredo que fica entre mim e Nelinho..."
Diego saiu-se bem, mas fico me perguntando por onde anda Rolando, e como rola sua rola... Quanto a Noel, o que eu queria era ter o "emeio" dele pra fazer minhas próprias perguntas acerca do pé de Rolando, que suponho ser chato e ter chulé, e cujo dedão imagino mais curto, até um centímetro a menos que o artelho vizinho...

Provação e reprovação

Um soneto como aquele "Reprovado" (585) me veio quando um amigo hetero de longa data finalmente criou coragem para confidenciar-me seu único episódio homo, ou antes, bi. Claro que não revelo os verdadeiros nomes e só revelo os fatos porque, sob esta condição, ele me autorizou.

Tudo veio à tona durante uma visita que, ainda quando enxergava, fiz a seu estúdio de gravação, onde eram produzidos os discos de muitas bandas punk nos 80. Enquanto escolhíamos algumas fotos que ilustrariam meu próximo artigo sobre rock tribal, Marcão mostrou-me um álbum pessoal cujo destaque era uma figura feminina bastante provocante: loira, vestida de motoqueira e sorrindo com arrogância através dum batom vampiresco muito bem desenhado nos lábios desdenhosos.

— Roqueira inglesa? — perguntei, sem reconhecê-la entre as imitadoras de Beki Bondage, a célebre vocalista do Vice Squad.

— Que nada! Minha ex-namorada, a Vânia Mânia.

— Sério? Que gata, hem? Faz tempo que se separaram?

— Dois anos. Foi morar nos States. Ela adorava as HD e queria se juntar a uma gangue de "bikers". Não sei se conseguiu, mas levava jeito...

— Vocês tinham moto?

— Não. Quem me vê, com esse meu jeitão de Rambo, pensa que sou um Hell's Angel, mas não me equilibro nem na bicicleta. Foi por causa disso que ela me corneou.

— Como assim? Só porque você não sabia pilotar uma motoca?

— Uma coisa puxa outra. Fica entre nós, certo? Ela sempre me curtiu como homem e eu sei que satisfiz a feminilidade dela. Foi a mulher mais quente que já tive, e tenho certeza que fui o tipo de macho ideal que ela fantasiava. Só que aquele tesão por moto fez a Vânia conhecer um moleque bem mais novo, que trabalhava de boy na firma onde ela era funcionária. O cara dava carona pra ela e começou a frequentar nossa casa. Quando percebi que ele estava muito à vontade, desconfiei e avisei a ela que não ia com a cara daquele folgado. Pra minha surpresa, ela respondeu que ia continuar andando com ele, mesmo que eu não concordasse.

— Ah, foi então que você mandou ela passear...

— Antes fosse! Teve bate-boca, quase saiu porrada, mas engoli o ciúme e fingi indiferença. Pra ver se ela tentava me reconquistar, fiz que não me importava e deixei que continuasse saindo com o motoboy, mas no fundo ainda achava que ela sentia tesão por mim e que não me trocaria por um pivete metido. Sei lá o que ela falou de mim pro cara, mas ele me olhava como se eu fosse o cachorrinho dela.

— Por que você não quebrou logo a cara dele? Já vi você perder a esportiva com gente mais barra-pesada por muito menos!

— Aí é que tá. Nunca levei desaforo nem transei com homem, você me conhece. Mas tenho que confessar que com ela minha relação era mais de mandado que de mandão. Eu me excitava quando ela me usava como objeto sexual e me programava como um robô, entende? Meu pau subia por controle remoto: era só ela empinar aquele narizinho e pôr a linguinha pra fora que nem serpente tentadora. Quanto mais garanhão eu ficava, mais ela me tratava como um cavalo domado, entende?

— Você chegou a servir de escravo? Tipo lamber bota, ficar de quatro...

— Cheguei. Mas ninguém tinha combinado nada. Ela sabia que podia mandar em mim na cama, mas não sabia quais eram meus limites. Estava a fim de testar. Quando saquei que ela e o motoboy estavam de acordo a fim de me sacanear, pensei na vingança, mas alguma coisa estranha me impediu de reagir.

— Um impulso masoquista? Se foi isso, não acho estranho...

— Você eu sei que não acha, mas em mim era uma tentação de experimentar coisa diferente. Comecei a reparar melhor na pinta do motoboy: o tal de Alê não passava dum magrela com boca de sapo e convencido que era o rei da selva só porque uma gostosa lhe dava bola. Achei aquele comportamento tão abusado que fiquei me imaginando rebaixado na frente dele. Não me pergunte o motivo, mas eu queria passar por aquilo, mesmo que fosse pra me vacinar duma vez por todas e nunca mais entrar numa arapuca igual. Queria ir até o fim pra saber até que ponto pode chegar um corno manso.

— Um corno amestrado, você quer dizer...

— Falou tudo. Foi uma espécie de teste de resistência pra mim. Um enduro.

— E o cara, sacava o seu conflito ou era babaca demais pra entender?

— Não sei. Nunca tive papo com ele, nem quis. Só encontrava com ele quando a Vânia estava junto. Uma noite eles chegaram em casa bem tarde, voltando do cinema. Eu quis dar uma de tolerante e, em vez de ficar na minha, vendo vídeo ou curtindo som no fone, como fazia sempre, resolvi beber e papear com eles, como se a coisa nem fosse comigo. Vânia aproveitou a deixa e levou o papo pro ponto crítico: mandou que eu servisse a bebida e preparasse um lanche pro Alê, que ele tava com fome. Ficaram os dois sentadões na sala e eu fui pra cozinha. Na hora me veio vontade de virar a mesa, mas ela falou com tamanha autoridade e ele me olhou rindo dum jeito tão cínico que levei uma espécie de choque elétrico e comecei a funcionar como um robô que tivesse sido ligado naquele momento. Da cozinha escutei o papo deles, as risadas, como se tudo já estivesse ensaiado. Servi os copos e pratos na mesinha de centro, enquanto a TV passava vídeos montados pela Vânia, clipes intercalando cenas de sexo, moto e rock numa colagem bem "hardcore". Imagine o quadro, Glauco: eu pondo as coisas no meio da mesa e eles apoiando os pés nas beiradas, cada um dum lado. Eu me abaixava pra servir e só via sola em volta... Você ia delirar, na certa!

— Que dúvida! Os dois estavam de bota?

— Só. A Vânia gostava de usar sempre e o Alê precisava usar por causa da moto.

— Eram muito diferentes, as dela e as dele?

— Totalmente. As dela eram de bico fino e salto alto, feitas de couro macio, e estavam sempre brilhando, até porque era eu que engraxava... As dele, muito maiores, eram pesadas e sujas, a sola quase tão grossa quanto a destes coturnos que estou calçando, olha só. Coisa reforçada, feita mesmo pra ralar.

— E você notou que eles puseram o pé na mesa de propósito pra humilhar?

— Pior: ficavam balançando a perna cruzada e conversando sem tomar conhecimento da minha presença, como se eu fosse um garçom de bar. Mesmo quando eu sentei no sofá pra participar do papo e do fumo, eles só me davam atenção na hora de mandar buscar alguma coisa a mais na cozinha. A Vânia começou a contar pra ele tudo que me mandava fazer, as coisas mais sujas, tipo lamber no chão o cuspe que ela escarrava e pisava em cima. Enquanto ela me desmoralizava e ele ria com cara de desprezo, eu ficava ali, sem graça, sem responder nada, sem moral pra desmentir cada vexame que ela detalhava pra satisfazer a curiosidade do moleque. De repente o Alê vira pra ela e pergunta: "Por que ele não aproveita pra tirar minha bota? Estou com o pé doendo de tanto ficar calçando isto o dia inteiro!". E ela simplesmente olhou pra mim e levantou o queixo, como quem diz: "Que está esperando?" Eu nem olhei pra cara dele. Passado de vergonha, mas vivendo uma emoção forte que nunca tinha provado, me ajoelhei e descalcei o cara.

— Aposto que o chulé era bravo.

— Do jeito que você imagina. Por isso é que não resisto a lhe contar o negócio todo.

— Não vai me dizer que você teve de lamber o pé dele...

— Infelizmente pra você, não recebi essa ordem. Mas a própria Vânia, assim que eu tirei as botas dele, mandou que eu tirasse também as meias e fizesse uma massagem igual à que eu fazia no pezinho dela. Ainda posso sentir aquele cheiro na minha mão, que parecia não sair nem no dia seguinte, com sabonete perfumado e tudo.

— Foi demorada essa massagem?

— Ah, acho que quase meia hora.

— E a reação dele durante a sessão?

— Ficou olhando pro teto, soprando a fumaça e apoiando a nuca no encosto da poltrona. De vez em quando trocava uma palavra com a Vânia, que assistia à tela, mas o silêncio daqueles minutos dava ideia de como ele relaxava, talvez planejando o final da noitada...

— Pelo jeito o programa ainda ia render...

— Mais pra eles que pra mim, lógico. Pra completar, ela fez ao Alê uma demonstração de como eu sabia lustrar uma bota com a língua. Vânia chegou a pisar num prato de fritas enquanto eu babava no cano alto daquela botinha preta de dominadora, Glauco! Adivinha se eu tive que abocanhar os farelinhos das batatinhas esmigalhadas pelo salto! Não deu tempo de massagear também o pé dela, porque o Alê queria tomar banho antes de ir pra cama.

— Pra cama? Que cama?
— A minha e da Vânia, claro. Ele se refestelou no quarto com ela e me trancaram no outro quarto, onde tinha uma cama pra hóspedes. Passei o resto da noite tentando escutar as vozes deles, os barulhos, mas só deu pra distinguir as risadas mais altas. Depois acabei me acalmando, quer dizer, depois que me punhetei e gozei de tanto remoer o que vi e o que devia estar rolando entre eles.
— Faço ideia! Mas você ainda conseguiu gozar, apesar de tudo?
— Gozei, e você nem adivinha como! Sabe o que a Vânia fez antes de me mandar pro quarto? Me entregou o par de botas do Alê e falou: "Leva isso e trata de engraxar bem engraxado. Amanhã de manhã o Alê quer ver esse couro brilhando, né, Alê?". E o cara já me dava as costas quando respondeu: "Brilhando que nem a sua vai ser difícil, mas ele que se vire, que rale a língua!".
— Brincou! Uma humilhação dessas é coisa que rola uma vez na vida e outra na morte! E que tal a sensação de lamber uma bota de motoqueiro?
— Pra mim o que machucou não foi a língua, foi saber que o dono da bota tava trepando com a Vânia enquanto eu lambia!
— Mas lambeu...
— Pra falar a verdade, não dava vontade, não: era muita poeira e muita zoeira prum cara como eu, que só tinha praticado essas coisas com a Vânia e entre quatro paredes. Mas pensei na bota dela, que lambi tantas vezes, pensei na submissão que podia ser a última, já que ela parecia estar decidida a me trocar pelo Alê, pensei em tragar o gosto daquilo até o fundo do copo. Só lhe digo uma coisa, Glauco: comecei a lamber com nojo, mas depois do primeiro orgasmo o trabalho virou uma rotina que atravessou a madrugada, com algumas pausas pra relaxar e me excitar de novo. De manhã minha porra e minha língua estavam secas, mas a bota nem parecia a mesma.

— Você cheirou por dentro do cano?

— Cheirei até a meia, que estava lá, encardida de suor.

— E depois? Como te trataram?

— Só vieram me destrancar depois que ela fez o café dele e já tinham levantado da mesa. O Alê estava usando meu chinelo e veio buscar as botas meio apressado, de olho no relógio. Vânia aproveitou pra tirar mais um sarro: "Que tal, Alê, ficou brilhando que nem a minha?". O sujeitinho examinou um pé de bota com cara de patrão exigente e desdenhou meu trabalho sem a menor cerimônia: "Tá reprovado. Tem muito que praticar pra merecer meu OK. Como massagista até que leva jeito, mas como engraxate precisa se esforçar mais...".

— Poxa, que esculacho! Você gastou sua saliva e o sujeito nem reconhece! — ironizei, assimilando a impressão que Marcão quisera me provocar — E você teve oportunidade de praticar mais?

— Mesmo que tivesse não praticaria! Aquilo foi dose. Vânia precipitou as coisas porque já tinha planos de ir embora do país. Nossa relação estava no limite, e só dava pra manter se eu virasse robô em tempo integral, coisa que nem de longe cabia na minha personalidade. Simplesmente deixei que ela fizesse as malas e nos despedimos numa boa.

— E o Alê? Que fim levou?

— Não sei direito, mas parece que está preso por tráfico.

— E a Vânia? Deixou saudade?

— Saudade todas deixam. Mas hoje só namoro mina submissa. Nada de me escravizar, elas é que têm de me servir. Agora estou com a Leila, que é uma verdadeira gueixa, mesmo sem ser oriental.

— Você tem cópia destas fotos da Vânia? Posso tirar uma?

— Pode levar esta. Que vai fazer com ela?

— Acho que vou pôr num quadro.

— Na sua galeria de sádicos ilustres? — brinca Marcão.

— Talvez na galeria de botas lustrosas... já que não temos foto da bota do Alê.

— Ah, mas essa bota da Vânia tem um desenho personalizado. A do Alê você vê no pé de qualquer motoqueiro, nem vale a pena fotografar...

É mesmo, pensei eu, a memória olfativa e gustativa marca mais que a memória visual.

Dialética diurética

Um soneto como aquele "Consueturinário" (511) me veio quando reexaminei alguns textos sadomasoquistas acerca daquilo que se convencionou chamar de "golden shower", ou seja, a urolagnia como foco central do jogo escravizador — textos cuja contrapartida verídica encontra embasamento em sérios estudos acadêmicos, a começar pela antropologia e pelo folclore. Torturas escatológicas têm desfilado com garbo ao longo da história bélica da humanidade, como tempero a apimentar o cardápio de requintes de crueldade entre vencedores e vencidos. Já referi em prosa e verso a tradição nordestina, documentada até por Câmara Cascudo, como demonstração de poder do opressor que obriga o oprimido a beber-lhe a urina.

Após ter lido no meu sítio vários sonetos como este, um ex-boleiro de várzea a quem fui apresentado contou-me seu caso. O papo que levamos vai reportado com a maior fidelidade possível numa versão escrita:

— Então você curte poesia?

— Nem toda. A sua eu curto por causa dessa baixaria escancarada.

— Você disse que certos temas lhe interessam mais de perto. Sua experiência tem a ver com eles?

— Vivi uma situação de quem leva a melhor... Quer dizer, quem mijou fui eu.

— Ah, é? E quem foi mijado?
— Meu padrasto. Foi assim: eu tinha dezesseis quando meu pai morreu. Éramos muito apegados, eu e o velho. Ele me incentivou a jogar bola na mesma posição dele, zagueiro.
— Ele morreu de quê?
— Assassinado. Ajuste de contas por causa de droga, foi o que falaram. Mamãe e eu também estávamos jurados, por isso ela se mudou pra cá. Acabou casando de novo, com um cara divorciado, dono de lotérica, sujeito metido a comer sardinha e arrotar caviar.
— Sua mãe ainda está com ele?
— Está. Eu é que saí fora. Pra ela a vida melhorou quando conheceu o Clóvis, mas pra mim foi uma fase de maior revolta. É verdade que eu já era revoltado contra tudo e naquela idade a gente quer que o mundo se foda. Mas o Clóvis queria ser mais severo comigo do que meu pai tinha sido e, quanto mais ele me cobrava uma ocupação ou um diploma, mais vagabundo eu ia ficando. Parei de estudar e, quando não estava jogando bola, estava dormindo ou lendo gibi.
— Sua mãe ficava mais do lado de quem?
— Dele, mas não por vontade própria. Ela se sentia uma escrava sexual do cara. Não ia me contar, mas sei que ele tratava a coitada como puta na cama e como empregada na cozinha. Ela se sujeitava porque não queria perder a vaga, mas acho que até gostava de ficar por baixo. Acontece que eu só podia ficar com mais bronca dele por causa disso, né?
— Você chegou a ter algum atrito mais sério com ele?
— Não, porque também não estava preparado pra ganhar a vida sozinho. Enquanto o ano se arrastava, fui levando e, quando ele ameaçava me expulsar, mamãe acalmava a crise, mas o preço dessas negociações era mais submissão dela às vontades do patrão. Resumindo: eu me sentia tão impotente que a única desforra era

vadiar descaradamente. Fiquei tão inútil que nem descarga na privada eu dava. Tênis, meia, cueca, tudo eu largava no lugar onde tirava. Quando mamãe percebia, tratava de recolher antes que o Clóvis visse, mas, se ele flagrava primeiro, era aquela chiadeira: "Será possível? Esse moleque continua desleixado! Vai ver a zona que ele deixou no banheiro! Aquele tênis fede que nem carniça! Aquela meia já tá podre! E ele ainda larga jogada pelo chão! Assim não dá!". No meu quarto ele nem entrava, porque já sabia que ali era meu mando de campo e só se podia esperar bagunça. Já o banheiro era campo neutro e cada um catimbava em toda bola dividida, pra usar uma figura do futebol...

— Você acha que era relaxado assim de propósito ou pela displicência natural da idade?

— As duas coisas. Quando me toquei que aquilo irritava o Clóvis, passei a provocar as cenas. A maior implicância dele era com a privada fedendo. Eu ia mijar e já ficava imaginando a cara de raiva dele quando entrasse no banheiro e sentisse o cheiro. Não dava outra: ele saía espumando que nem minha mijada, me chamando de porco pra baixo.

— Sua mãe não conseguia vigiar você pra evitar esses flagras?

— Ela tinha muitas ocupações, precisava até ajudar no balcão da lotérica. Foi numa dessas visitinhas dele ao banheiro que a coisa teve uma reviravolta. Dessa vez fui eu que flagrei o Clóvis.

— Como assim?

— Ele pensou que eu não estava em casa, mas eu tinha ido procurar uns gibis velhos empilhados na área de serviço. Ali fiquei distraído, relendo aquelas relíquias, quando escutei a voz do Clóvis resmungando: "Moleque filho da puta!". A janelinha do banheiro dava pra área, e sem fazer barulho espiei pelo vitral aberto. Não é que o Clóvis tava ajoelhado na frente da privada?

— Não vai dizer que ele batia punheta!

— Na hora não deu pra ver, mas a cara dele quase encostava no meu mijo. Ele respirava fundo e ficava repetindo: "Moleque sem-vergonha! Parasita duma figa! Porco safado!". Antes que ele percebesse a minha presença, tirei a cara da janela e me escondi até que tivesse saído. A partir dali comecei a espionar a rotina dele quando mamãe estava fora. Várias vezes peguei o Clóvis cafungando no meu mijo e, como ele ficava tão empolgado que não escutava nem o telefone tocar, pude assistir melhor à cena sem ser descoberto.

— Que é que ele ficava fazendo? Só cheirando? Tirava o pau pra fora? Chegava a gozar?

— Gozava! Mas antes lambia a beira da privada, mergulhava a boca na água parada, xingava o tempo todo, o desgraçado! Ah, não tive dúvida: comecei a mijar pra fora, formando pocinhas no ladrilho e molhando bastante o assento do vaso, na volta toda. Ele ficava alucinado, Glauco! Esfregava a língua naquilo como se fosse um pano de chão! Imagine o gostinho de vingança que eu não sentia! Enquanto ele enxugava meu mijo frio, eu pensava: "Aí, seu verme, emporcalha essa boca de fossa! Mostra pra que serve essa língua de papel higiênico! Ainda faço você comer minha merda, seu esgoto humano!".

— Cara, que cena forte! E você, não gozava também?

— Nas minhas bronhas eu bem que imaginava a boca dele aberta na frente do meu pau ou debaixo do meu cu... Mas eu preferia outras fantasias. Eu queria que minhas namoradas gemessem de dor quando eu comesse o cuzinho delas, do mesmo jeito que mamãe gemia quando estava com ele no quarto...

— Estou vendo que você não tem nenhum bloqueio pra falar na sexualidade da sua mãe. Você se sente traumatizado?

— Lógico. Mas não vou ficar posando de criancinha carente nem guardando pudores. Senão nem teria por que estar dialogando com você agora.

— Também acho. Mas voltando àquela cena forte: isso se repetiu muito?
— Até a hora em que resolvi mostrar pra ele que eu sabia de tudo. Só que bolei um castigo daqueles que ninguém esquece. Em vez de encostar o sujeito na parede e jogar a verdade na cara dele, preferi preparar uma armadilha. Mijei num copo e deixei em cima do vaso tampado, como se a tábua fosse uma mesa e o copo estivesse cheio de cerveja. Caso mamãe entrasse em casa, dava tempo de ir lá e tirar o copo, mas quem chegou foi ele, no mesmo horário de sempre, achando que eu tinha ido jogar bola.
— E você, ficou de tocaia no observatório do costume?
— Não, desta vez fiquei no meu quarto até ter certeza de que ele tinha entrado no banheiro e trancado a porta, afobado e ansioso como sempre. Só então liguei o som e deixei rolar o rock dos Cramps como trilha sonora.
— Então não dava pra presenciar a reação dele quando deu de cara com o copo de mijo...
— Pois é, Glauco, mas ele não saiu lá de dentro logo que foi pego de surpresa, não. Em vez de xingar e vir atrás de mim pra tirar satisfações, ficou um tempão trancado, sem fazer barulho, curtindo sei lá o quê! Quem sabe um pouco de pânico, um pouco de ódio, um pouco de tesão e um pouco de rock... sem falar no sabor do mijo, que com certeza ainda tava morno.
— Você acha que ele bebeu tudo, mesmo naquele apuro?
— Tudo, não sei, mas que provou, provou. Disfarçou, fingiu que estava cagando, demorou, deu a descarga e acabou abrindo a porta e saindo com o copo na mão, vazio e lavado. Nem me chamou pra conversar, nem olhou pra minha cara.
— Imagino. Mas e depois, o ambiente não ficou insuportável?
— Pelo contrário, melhorou da água pro vinho, ou do mijo pro chope, se você prefere. Mamãe não entendeu direito por que dia-

bo ele parou de pegar no meu pé e ficou mais tranquilo quando estávamos os três frente a frente. Ela pensava que o Clóvis tinha cansado de me cobrar juízo e que já não tava nem aí. Mas eu sei que na cama ele descontava nela a humilhação que passava por minha causa. Ninguém tocava no assunto quando eu e ele nos encontrávamos. Ele só procurava evitar os encontros. Mas continuou frequentando o banheiro, e eu continuei zoando e me vingando, mijando e deixando o copo ali, pra que ele se servisse...

— Você não teve outras chances de assistir pela janela?

— Não, ele fechava o vitral, que era fosco, e sem a fresta aberta não dava pra distinguir nada lá dentro. Mas ele ficava bem quieto, sabendo que eu ria da cara dele aqui fora. Um dia variei e fiz outra surpresa: um prato bem cheio, com um cagalhão daqueles! Parecia um quibe tamanho família!

— Sério? Será que ele comeu?

— Pelo menos cheirou, isso eu garanto! Aquilo fedia, Glauco! No dia seguinte o Clóvis não sabia onde enfiar a cara! Ou melhor, sabia muito bem!

— E o prato, foi repetido que nem o copo?

— Não, porque era mais cômodo mijar no copo. Mas também não deu pra repetir muito, porque eu logo dei um jeito de me mudar pra casa duns tios no interior, com a desculpa de que ia ter chance de jogar num time profissional. Até cheguei a impressionar uns olheiros, mas acabei arrumando trampo como entregador de pizza... e tudo acabou em guaraná...

Parece que nosso boleiro revê a mãe de tempos em tempos, mas, agora que está casado, os sogros lhe dão o amparo familiar que o padrasto sonegou. Hoje em dia, pelo jeito, o moleção já tem motivo para dar a descarga e ainda jogar um pouco de desinfetante no vaso...

Cárcere privê

O soneto 707 me veio após ter recapitulado perante alguns amigos as bissextas performances que desempenhei em público. Público interno, diga-se, já que o SM é domínio privado. Clubes do tipo sempre existiram, mas são como as pizzarias: quando estão perto, não servem nosso prato predileto; quando servem, ficam longe; quando atendem em domicílio, cobram caro. No meu caso deu-se o inverso do habitual: em vez de procurar, fui procurado por um clube, mas só duas vezes na vida. Uma quando ainda enxergava, ocasião em que fui dominador. Outra quando já estava cego e, nem que quisesse, não poderia assumir postura diferente da posição submissa. Desta vez o clube era o Santo Ofício, dirigido pela notória Beatrix Danteska, conhecida no meio como dominadora radical, isto é, que não usa imitações de chicote e costuma tirar sangue quando castiga seus servos. Beatrix é minha leitora desde quando publiquei a primeira edição do *Manual do podólatra amador*, nos anos 80, mas só me chamou quando o Santo Ofício passou a funcionar em novo endereço, mais espaçoso e cômodo, aproveitando as instalações duma casa noturna que, durante a semana, reservava uma noite para receber os sócios em sessões fechadas.

— A Beatrix não é aquela que assinava uma coluna nas revistas masculinas? — lembrou um dos amigos.

— Ela mesma. Ao contrário da Wilma Azevedo, que fazia questão de preservar o lado afetivo e o mútuo consentimento, a Bia sempre se declarou a favor da impiedade e contra o escrúpulo.

— E você não teve receio de aceitar um convite dela? — indagou outro amigo.

— Não, porque ela me garantiu que eu não seria usado como escravo de amarras nem de surras e que meu papel se limitaria a servir de escabelo. E o que a Bia determina ninguém desautoriza. Ela sabe se impor. Por isso mesmo é que a própria Wilma, quando visitou o clube, se sentiu desrespeitada pela atitude arrogante da Bia. Mas ela é assim com todo mundo, até com as colegas mais veteranas... Faz parte da imagem que construiu.

— Escabelo? Que negócio é esse? — inquiriu outro amigo.

— Uma espécie de banqueta pra apoiar os pés. Vou explicar: o clube funcionava num recinto grande, mas cada ângulo formava um ambiente e de todos eles dava pra assistir o que rolava no palco central, junto à pista de dança e aos lugares da plateia. Era onde se destacava o pelourinho dos açoites. Em volta do pelourinho pendiam do teto umas correntes e correias pra pendurar várias pessoas ao mesmo tempo, em diferentes posições. Num dos cantos estava o bar, noutro uma mesa de reuniões, noutro os divãs e poltronas cativas, noutro o "meu" canto, mobiliado como sala de estar, com um sofá semicircular, mesinhas de mármore aqui e ali, painéis medievais e paredes de castelo contrastando com futuristas telas suspensas. Na frente do sofá tinha um pufe bem grande, forrado do mesmo couro roxo-funerário que coloria toda a mobília. Fui colocado bem ali, junto do pufe, tendo que ficar de quatro o tempo todo, paradão, como se fosse um prolongamento do pufe. Pra caracterizar ainda mais minha função, me vestiram com camiseta e calção da mesma cor dos estofados e almofadas. Fiquei ali à disposição de quem quisesse descansar os pés em cima.

— Não encapuzaram você?
— Nem capuz, nem venda, nem máscara, nada. Só tive que raspar a careca com navalha, pra ficar bem lisa contra a luz. Alguns escravos eram vendados, mas no programa da casa eu já estava catalogado como "cego aproveitável" e destinado a "relaxar ou engraxar pés e calçados" dos frequentadores. O programa explicava que, como cego, eu já estava permanentemente sob castigo e privado da liberdade pela venda "natural" da cegueira.
— Esse programa especificava as funções de todo mundo?
— Exato. Cada mestre ou mestra, cada servo ou serva, cada performance, cada leilão de escravos, cada aula de tortura e cada palestra, tudo estava previsto e constava do programa. A Bia sempre foi muito organizada.
— Mas você só serviu de escabelo, mais nada?
— Não ficou nisso, não: eu estava programado pra suportar os pés de quem sentasse no sofá, mas se alguém pusesse o pé no pufe ou na minha cara, eu tinha que lamber até que mandassem parar. Quando tinha gente apoiando o pé nas minhas costas, eu ficava reto, com joelhos e cotovelos no carpete. Quando as costas estavam livres eu podia apoiar as mãos no chão e esticar os braços. Assim, mesmo continuando ajoelhado e sem tirar as mãos do chão, minha cabeça podia alcançar o pé de quem estivesse usando o pufe. Quando eram várias pessoas que se acomodavam, uma punha os pés na altura das omoplatas, outra na região dos rins, e uma terceira podia esticar as pernas de modo que os pés ficassem no chão, bem debaixo da minha cara. Era só pôr a língua pra fora e executar o serviço. Enquanto rolava a programação e os ruídos iam variando, desde o estalo das chibatadas, gritos e ordens, papos e risos, até os copos tilintando, eu permanecia ali, só escutando e trabalhando.
— Você não podia falar nada?
— Só responder, se alguém me perguntasse.

— E perguntavam? Que tipo de pergunta?

— Quase nada. O pessoal ia e vinha, sentava e levantava, e eu só sentia o peso no lombo, um bico de bota me levantando o queixo, um salto alto me cutucando a nuca, uma sola empurrando a bochecha, um peito pressionando a boca... e só me restava esticar a língua e aguentar as risadinhas, principalmente das mulheres, tanto as dominadoras quanto as próprias submissas, que aproveitavam pra curtir uma pausa de descanso. Mas de vez em quando alguém puxava papo, geralmente pra dar ordens, tipo "Lambe o vão dos dedos! Chupa o dedão! Massageia a sola!" (se o pé estava descalço) ou "Lustra aí, engraxate! Capricha!" (se estava calçado)... De vez em quando pintava uma pergunta pra satisfazer a curiosidade de quem curte a desgraça alheia.

— Lembra de alguma pergunta em particular?

— Lembro de dois sujeitos mais interessados na minha condição de cego. Um tinha cargo em Brasília, era assessor parlamentar ou coisa assim, e mantinha várias escravas, que açoitava e leiloava no clube. Uma hora ele passou um intervalo inteiro refestelado no sofá, bebendo, fumando, papeando com amigos. Usava bota sem cadarço, e esticou o pezão em cima do pufe, depois de me chutar de leve a orelha. Quando comecei a passar a língua no couro fino, ele resolveu me interrogar: "E aí, ceguinho, como vai a vida? Deve ser uma merda ser cego e não poder apreciar o show, né mesmo? Você não fica com inveja até das escravas que estão amarradas lá na frente? Elas pelo menos conseguem ver a cara de gozo da plateia na hora de serem flageladas... Você só pode se contentar em ter essa utilidade, né mesmo? Que chato, né mesmo? O jeito é se esforçar, nada de moleza, hem? Não esquece de limpar bem a sola, hem?". E eu só respondia "Pois é, patrão! O jeito é me conformar, né, patrão?". E ele ria, que se divertia, com a minha paciência de penitente. Entre uma pergunta e outra, repetia: "Vai, ceguinho, mostra aí sua alegria de viver! Lambe com vontade!".

— Nada sarcástico, o cara! E o outro, falou no mesmo tom?
— Quase. Era um ex-vigilante de banco que passou a trabalhar como segurança duma loirona "emergente", a Condessa Vanessa, que era mestra habituê no clube. Ele usava botas grosseiras, de cadarço, tipo coturno, e pisou forçando minha cabeça até o chão antes de acomodar as pernas no pufe e ordenar a engraxada. Mal comecei a espalhar a saliva pelo couro gasto, e ele me crivou de perguntas aparentemente humanas: "Você é cego de nascença? Ah, não? É recente? Já tava preparado pra perder a visão? Conseguiu se adaptar? Acha que algum dia vai superar o trauma?". De repente, parecia esquecer qualquer preocupação com o drama dum deficiente e comandava secamente: "Continua engraxando!". Eu me calava, sem graça, e voltava a lamber o botinão, de cima a baixo. Aí ele retomava as perguntas no mesmo tom compreensivo: "Como você se sente agora? Pensa na cegueira o tempo todo? Você se acha injustiçado?". E logo vinha a ordem: "Vai, limpa aí! Quero ver essa sola lavadinha, certo? Quero ver sua capacidade de aguentar essa barra!". Eu punha outra vez a língua pra funcionar, enquanto ele comentava, meio que pensando em voz alta: "Porra, ainda bem que uma zica dessas não aconteceu comigo! Deve ser um inferno ficar nessa situação, sendo obrigado a se rebaixar assim só pra ter uma chance de se consolar no masoquismo! Eu não queria estar no seu lugar, cara! Vai, faz o que foi reservado pra você! Capricha nessa faxina aí!". As perguntas ele fazia com voz mansa, e as ordens e comentários com acento grave, como um sargento instruindo seus recrutas.
— E como você sabia quem era quem? Quem foi que lhe contou?
— Um amigo da Bia, que ela encarregou de ficar por perto, vigiando pra que nenhum doido fora de controle aparecesse pra me agredir. O Gustavo ficou de guarda sei lá quanto tempo, e de vez em quando vinha saber se eu ainda estava firme na posição.

Na hora em que me dei por fatigado e dolorido, ele me ajudou a caminhar até o camarim da Bia, onde me recuperei e vesti roupa normal.

— Então a Beatrix até que foi bem legal com você! Nem sacrificou tanto quanto seria de esperar...

— Ela tem seu lado carinhoso. A história da Beatrix Danteska é um caso à parte e vale recordar. Enquanto esteve casada com um publicitário bem cotado, foi caseira e recatada. Quando descobriu que o cara era um dublê de marqueteiro e Torquemada, daqueles que de dia criam torturas e de noite torturam crias, a Bia se transfigurou. Ela me contou que lia minhas coisas meio escondido, pra que não pensassem que era uma tarada inveterada. Mal sabia que o marido praticava o que ela fantasiava! Depois da separação ela decidiu que só namoraria o macho que fosse capaz de humilhar sua fêmea mais duramente do que ela própria humilhava seus escravos.

— E ela encontrou esse prodígio da masculinidade contemporânea?

— Encontrou, mas da maneira mais curiosa. Primeiro ela se anunciou disposta a amestrar candidatos a escravo. De cada novato que aparecia ela exigia que, como parte do treinamento, ele se deixasse castigar pelo escravo anteriormente iniciado, e assim sucessivamente. Caso o calouro concordasse, seria descartado logo depois da sessão em que veterano aplicasse o trote na frente dela. Caso o calouro se recusasse a receber trote de outro homem, entraria pra confraria dos amestrados. Depois ela começou a aceitar escravas, mas cada novata tinha que trotear um dos veteranos. Se o veterano se submetesse, também era descartado. Se a novata se recusasse a trotear, seria reprovada. Com esse jogo a Bia foi depurando seu curral, até que sobrassem só escravos "machistas" e escravas "feministas", por assim dizer. Então ela inverteu os papéis, fazendo dos rapazes dominadores das meninas. Quem não topasse estava fora. Acabou ficando só um casal, e a essa altura o cara tinha pegado o gosto de dominar e já não queria se submeter às vontades da Bia, só queria brincar com a escrava restante. Foi aí que a Bia deu o xeque-mate e perguntou ao rapaz qual das duas ele preferia escravizar. O cara se sentiu tão vaidoso com a tentação de conquistar maior superioridade, que escolheu ficar com a Bia.

— Caramba, que triagem complicada! E ela ainda está com esse vira-casaca?

— Não, porque até esse acabou fugindo com outra mestra. Ninguém é perfeito. Nem a própria Bia, que já me confessou ter experimentado na pele o chicote do tal assessor parlamentar... e este, por sua vez, não resistiu aos encantos da Condessa e já lambeu as botas dela pelo menos uma vez, segundo me revelou o Gustavo.

— Então não escapa ninguém! Quer dizer que não existe o sádico puro e o masoquista puro? Todo mundo é versátil e até eclético?

— Se alguém fosse puro, não seria sadomasoquista, seria santo. Falando nisso, até eu tirei minha casquinha lá no Santo Ofício...

— Tirou, Glauco? De quem?

— Do Gustavo. Ele me implorou de joelhos pra que eu deixasse chupar meu pau. Garanto a vocês que fazia tempo que um cego não gozava tão forte na boca dum olheiro...

Tripé do tripúdio

Um soneto como aquele "Tripudiado" (569) me veio por antecipação da ofensiva de Bush no Iraque, sendo a imagem do bigode obviamente alusiva a Saddam Hussein, extensiva a qualquer iraquiano à mercê do exército vencedor — cena que se confirmou, depois dos episódios verificados na prisão de Abu Ghraib, bem mais explicitamente do que eu podia prefigurar no momento de compor os versos.

Mas a barba me remete, inevitavelmente, à fisionomia que durante anos mantive enquanto enxergava. Estávamos na década da redemocratização, quando as diversas "especificidades" reivindicavam espaço: mulheres, negros, homossexuais, deficientes... e todos estes componentes integram o flagrante autobiográfico aqui resgatado. Minha deficiência visual ainda não era impeditiva das atividades literárias, ao passo que minha homossexualidade foi determinante num caso envolvendo um negro e uma mulher, completando-se destarte o quadro "pluralista" típico daqueles anos.

Foi assim: junto a um grupo de poetas "marginais", participava eu dum evento performático no Bixiga. O bar era frequentado pelos carnavalescos da escola cuja quadra ficava na mesma rua. A batucada rolava ali como num ensaio rotineiro, e os poetas aproveitavam os intervalos para improvisar seu recital no mais espontâneo estilo "coloquialista". Tendo concluído meu número, tomei lugar numa das mesas vagas, para molhar a garganta e acompanhar o samba. Um colega de caneta veio se sentar comigo, mas logo saiu para conversar com alguma poetisa, que então gostava de ser qualificada como "uma poeta". Voltei a ficar na minha, atento aos batuqueiros e ao som, quando me toquei que uma das mulatas da plateia não tirava os olhos (e que olhos!) de cima de mim. No ato passei mentalmente em revista a cara que meu espelho tinha registrado na hora de sair de casa: barba e cabelo cheios, óculos minúsculos de armação quadradinha, camisa vermelha xadrez e corrente no pescoço — assim era a efígie sob a qual apareço nas fotos daquela época, em que a moda entre intelectuais se identificava com o perfil dum urbanizado ex-guerrilheiro que, por sua vez, podia ser confundido com um politizado ex-hippie.

Se à noite todos os gatos são pardos, ali a maioria era parda no duro, inclusive as gatas. E se eu não seria o único branco, talvez fosse o mais longilíneo e hirsuto. O fato é que a mulatona me olhava e sorria (e que boca!): sorri de volta, gentilmente, e, tão logo outro amigo ocupou e desocupou a cadeira à minha frente, ela veio puxar papo.

— Posso sentar aqui?
— À vontade!
— Você declamou bem! Esses livros são seus? Posso ver?
Ao dar com o desenho fálico numa das capas, ela se assanhou.
— Nem li e já gostei! (acho que era uma antropófaga oswaldiana) Queria conhecer melhor. A obra e o autor.
— Mas é bom não misturar as duas coisas.
— Onde tem mais sacanagem? No livro ou no poeta?
— O livro é mais sacana, mas o poeta é mais gay.
— Ah, é? (como se dissesse: "Que pena!")

Não reparei que, de longe, um crioulo de cara fechada e lábios grossíssimos nos observava; nem deu para concluir se a mulata sabia que o rapaz estava de olho.

— Você tá vendendo o livro? Eu queria um...
— Não, eu trouxe poucos. Mas pode ficar com esse.
— Presente? Oba! Posso pagar com um beijo?

Sem esperar que eu aceitasse, ela se levantou, beijou-me quase na boca e se despediu, saindo rápido ao encontro dum grupinho que se dirigia para a quadra. O crioulo não teve dúvidas: chegou, abancou-se quase pulando na cadeira e foi direto ao ponto.

— Aquela que tava sentada aqui é namorada minha, sabia?

Senti o bafo e o drama, mas meu trunfo estava no papo, valendo o trocadilho. Confiei no astral e arrisquei as fichas.

— Se você pensou que eu tava paquerando ela, se enganou.
— Não, eu sei que ela é que tava paquerando. Toda vez que a gente briga ela faz assim, pra me deixar com raiva. Como você não é daqui (entendi que dizia: "Você não tem nossa cor!") é bom ficar esperto, cara.
— Pode ficar descansado. Comigo você não tem motivo pra se preocupar. Eu sou gay.
— Tá me gozando? Você não tem jeito de gay...
— Falo sério. Sou tão franco que, pra abrir o jogo duma vez, confesso que queria estar no lugar dela pra poder chupar seu pau.

O negão me encarou como se fosse me esmurrar, mas sua corda vaidosa vibrou com tanta intensidade que ele não pôde conter um risinho de orgulho. Ainda quis confirmar minha sinceridade na inveja:

— Se você estiver de gozação vai se arrepender, cara!
— Pode acreditar! Eu chuparia seu pau agora, se você quisesse! E digo mais: seria a chupeta mais caprichada que eu faria na vida!

Eu praticamente cochichava, mas minhas palavras pareciam gritar no ouvido do rapagão. Ele custava a crer que um branco literato se dispusesse a pagar tal tributo à sua masculinidade ofendida.

— Agora você me provocou. E se eu quiser que você chupe mesmo?

— A hora que você quiser. Eu estou à sua disposição.

Só então me dei conta de que o pau dele podia estar tão duro quanto o meu. Ele parecia decidido:

— Moro aqui do lado. Vamos pra lá... (a reticência tanto podia ser uma interrogação como uma exclamação imperativa)

— Tudo bem. Só vou avisar uns amigos que volto logo. Já venho.

Deixei o recado e acompanhei o crioulo até o cortiço vizinho, onde ele tinha um quarto. Até que não era tão precário aquele alojamento: além da cama desarrumada e do guarda-roupa velho e pesadão, sobrava espaço para um banco de carro à guisa de sofá e para umas prateleiras onde se amontoavam tralhas de tudo quanto era tipo, exceto livros. Mal entrei, e meu nariz tentou distinguir algum chulé no ar abafado, mas outros cheiros se fundiam, frustrando minha expectativa. Mesmo assim não me escapou à vista o par de tênis, junto com os chinelos, piscando para mim debaixo da cama.

Antes de chegarmos ao quarto, passamos pelo banheiro coletivo, onde ele teve que parar para aliviar a bexiga. Ficou meio sem graça por não ter conseguido segurar o aperto, talvez achando que eu pudesse ter algum nojo, mas tratei de tranquilizá-lo:

— Não precisa nem balançar. Deixa que eu limpo o resto.

Ele caiu na gargalhada, descontraído e definitivamente triunfante. Dali para diante ficou bem à vontade. Fez questão de permanecer em pé, para que eu tivesse de ajoelhar, e nem se deu ao trabalho de baixar as calças. O cacete que saía pela braguilha desabotoada já era suficientemente longo e grosso para que minha língua tivesse bastante trabalho, sem ter que cuidar do saco e das virilhas.

Concentrei-me, então, em mostrar ao machão ciumento que minha palavra de homem valia alguma coisa. Segurei naquele linguição torto com respeitosa delicadeza. Fui arregaçando a cabeçorra e me assustei com a quantidade de esmegma que dormia sob o prepúcio. Seria possível que uma tal mulata assanhada se sujeitasse a lamber aquilo? Só se ela fosse tão masoca quanto eu me sentia na cena! Ele só esperava para ver se eu assumiria a responsabilidade da tarefa. Quando sentiu que minha língua aparava as últimas gotas de urina e começava a remover a crosta de sebo, soltou um "Ah!" bem fundo e passou a verbalizar abusos que eram música aos meus ouvidos ávidos:

— Aê, seu trouxa! E agora? Tá sentindo o gosto? Agora vai ter que dar conta! Tá pensando o quê? Mulher minha não sai por aí beijando macho, não! Ela tá pensando que beija e fica por isso mesmo? Agora você é que vai beijar no biquinho, seu trouxa! Ainda faço aquela cadela chupar sem reclamar! Vai, chupa, quero ver seu capricho agora!

Vendo que seria impossível satisfazer-lhe o anseio de penetrar como numa vagina ou num reto, já que minha boca só comportava a grande glande, recorri a um estratagema que, calculei por intuição, a mulata não praticava, pois provavelmente chupava com sofreguidão: mamei com a maior suavidade, esfregando de leve os lábios e passando a língua debaixo do meato a cada movimento de vaivém, salivando abundantemente a fim de amaciar ao máximo a sucção. O resultado foi automático: nem bem ele gemeu mais acelerado, tirei o pau da boca e conservei os lábios abertos, fazendo com a língua uma ponte sob a glande, para que ele pudesse contemplar as golfadas saindo da uretra e entrando na garganta, o jato formando compridos canudinhos brancos que desapareciam dentro da cavidade oral. Aquilo deve ter sido um espetáculo que o crioulo jamais esquecerá. No final ainda limpei tudo com a língua e terminei de secar a poder de beijos na volta toda da chapeleta. O rapaz ainda resfolegava entre risos convulsos quando me abaixei e depositei-lhe um último beijo no bico do sapato. Voltei à posição genuflexa e ergui o olhar até seu rosto radiante e triunfal. Ele me contemplou de cima e tripudiou:

— Viu só? Agora você sabe por que a Zoraide não me troca por ninguém! Ela briga mas volta!

Voltamos ao bar, onde meus amigos me aguardavam para a saideira do sarau. Já na porta, na hora em que nos preparávamos para deixar o local, avistei o crioulo contando vantagem para um dos batuqueiros junto ao balcão, e fui ter com ele a fim de oferecer um exemplar do outro livro, não daquele com que a Zoraide havia sido brindada. Meio surpreso, o rapaz se disse muito agradecido e, depois que eu já tinha virado as costas, veio atrás de mim e bateu-me no ombro apenas para dizer:

— Ah, só mais uma coisa: gostei daquele beijo que você deu no meu pé!

Nunca mais tive oportunidade de render a outro crioulo a homenagem que com tamanha desinibição dediquei àquele enciumado caralho, mas em compensação não costuma ser tão raro que um invasor seja rechaçado numa guerra de conquista. Estão lá o Iraque e o Vietnã para me respaldar...

O michê bichado

O soneto 505 me veio ao lembrar dum raro episódio entre mim e um rapaz de aluguel. No começo dos 80 ainda não grassava a paranoia da AIDS ou da criminalidade, de sorte que se podia perambular à noite pelas avenidas do centro velho, coisa que eu costumava fazer nas adjacências da praça da República, entre os restaurantes do Arouche e os teatros da Roosevelt. Nos fundos do colégio Caetano de Campos, onde começa a rua São Luís, a calçada fronteira a uns prédios neoclássicos é bem larga e ali ficava um ponto que não era só de ônibus: a maioria dos que esperavam estava era no aguardo dum outro tipo de táxi, ou seja, o taxi-boy.

Mesmo sem tantos riscos de contágio ou violência, sempre tive ojeriza a sair com michês, fosse pelo bolso, fosse pelo gozo duvidoso. Até que a ideia de poder cheirar e lamber à vontade uns tênis e pés fedidos era coisa tentadora, mas a fantasia logo broxava diante da certeza de que tudo no rapaz era fingimento, até o chulé, que podia ser lavado ou deslavado conforme a preferência do cliente.

Naquela noite perdi um pouco da prevenção contra a classe dos prostitutos. Fiquei parado no ponto, como de hábito, apenas observando a "pegação" dos outros. Nunca tive cara de pau suficiente para abordar um estranho na calçada ou para ser receptivo a uma abordagem, pois meu ambiente de encontros era a palavra escrita antes de qualquer papo ao vivo. Mas ver e ouvir a transação dos transeuntes tornava-se uma atração à parte, que me instigava a curiosidade — e eu ficava por mais de hora ali, encostado à fachada do prédio, enquanto bichas e michês se misturavam aos esporádicos passantes e passageiros que embarcavam e desembarcavam, lotando coletivos cada vez mais demorados, à medida que a noite avançava.

Um rapaz de aspecto suburbano parou do meu lado, trocou uns olhares e puxou conversa. Respondi com indiferença, para mostrar desinteresse, e ele foi abordar um tipo grisalho que fingia esperar condução junto ao meio-fio. De onde estava pude ouvir o papo, já que o michê falava alto o bastante para que sua propaganda fosse aproveitada por mais de um consumidor ao mesmo tempo. Digo propaganda porque o carinha apregoava seu peixe como um camelô, repetindo os mesmos bordões: que queria saber as horas, que já passava do prazo tolerável para o encontro marcado entre ele e uma hipotética mulher, que aquela puta iria ver só, que ele ia fazê-la chupar gostoso, que lhe comeria o cu e a buceta, que meteria pela frente, por trás e também na boca, que mandaria lamber-lhe os pés...

Quando escutei voz de "lamber meu pé", fiquei ouriçado. Apurei o ouvido e, como o tipo grisalho não deu trela ao garoto, este voltou na minha direção. Desta vez sorri convidativamente, de modo que ele se sentiu animado a repetir seu repertório: a mulher que o deixara na mão pagaria caro, seria fodida em todos os buracos, porque ele gostava de foder de todas as maneiras, mas agora já passava da hora e ela não viria mais...

— Escutei você dizendo que ia fazer aquela cadela lamber seu pé. Você já fez isso?

— Ah, se fiz! Teve que lamber no vão dos dedos, teve que chupar o dedão...

E mostrava a bota surrada, aproveitando para lembrar que precisava comprar uma nova mas estava sem grana. Nesse instante ocorreu-me a ideia de convidá-lo para jantar. Assim eu poderia, sem necessidade de tratar transas, usufruir maiores pormenores daquele mercador de desejos. Cansado de bater perna, frustrado pela escassez de clientes e esfomeado havia horas, o michezinho topou de cara. Fomos a uma lanchonete, paguei-lhe um apetitoso prato de fritada regado a chope escuro com direito a bis, e Jair desembuchou algumas historinhas dentre as quais pincei a que me pareceu menos fantasiosa e mais biográfica.

— E quando foi a última vez que você fez um cara lamber seu pé?

— Ah, não faz muito tempo. Acho que foi mês passado. Era um alemão enorme, que passou de carro no Trianon.

— Alemão mesmo?

— Tinha cara, mas não tinha sotaque de gringo. Me levou pro hotel, ali na Augusta. Pagou só pra tirar meu tênis com a boca e chupar meu pé...

— Mas já rolou alguma cena igual com alguém que não tivesse pedido isso?

— Bom... Teve um lance quando eu tava começando nessa vida, logo que cheguei do interior. Eu era office-boy dum despachante e fui entregar documentos na casa dum jornalista. Um colega de escritório já tinha me contado que o cara era gay e pagava pra chupar rola grande. Eu tava ganhando mal, devia pra uns e outros e precisava me virar. No interior eu já tinha transado por pouco troco, com um padre e um professor, mas sem acostumar. Dessa vez a oportunidade era mais profissional, aí me ofereci pro jornalista. Quando viu o tamanho do negócio ele ficou freguês. Eu ia lá todo sábado. O cara chupava feito um desesperado, até perdia o fôlego na hora que levava minha porra na goela, e gozava junto comigo. Nunca reclamou do cheiro da minha rola, nem quando tava mal lavada. Uma vez fez até questão de chupar logo depois que eu tinha mijado. Mas não é que o cara implicava com o cheiro do meu pé?

— Você tinha chulé forte?

— Só! Também, andando de tênis o dia inteiro! Ele me fazia descalçar na varanda e passar no chuveiro antes de transar. Queria que eu lavasse bem o pé mas não fazia questão do pau limpo, o safado! Um dia, quando eu já tinha outros clientes e tava de saco cheio daquela mania dele, dei um chega-pra-lá: ou ele parava de pegar no meu pé, ou eu não voltava mais. Aí ele quis engrossar, disse que meu chulé era insuportável, que exigia higiene... Então eu fiz pé firme e falei: "É pegar ou largar! Pra chupar meu pau você vai ter que cheirar meu pé! Quer saber? Vai ter que CHUPAR meu pé!".

— E ele cedeu fácil?

— Quis endurecer o jogo mas, quando eu já tava na porta pra sair, ele pediu por favor. Aí eu montei em cima. Teve que tirar meu tênis e a meia, cheirou na marra e chupou cada dedo. Ainda levou uma solada na cara e, depois que gozei na boca dele, mandei calçar e amarrar o tênis. Dali em diante ele teve que cumprir aquela obrigação toda vez que eu aparecia lá!

— E ele acostumou? Parou de reclamar?

— Não deu tempo, porque larguei dele logo em seguida. Apareceu quem pagasse mais e cobrasse menos. O mais engraçado foi que ele chorou no telefone quando eu falei que não ia voltar. Disse que eu podia não acreditar, mas ele tava me amando...

— E você, não sentia nada por ele?

— Até senti, pra falar a verdade, mas nunca dei bandeira pra não perder moral. Só depois de ter cortado o compromisso é que me deu um pouco de saudade, mas aí eu já tava em outra. A vida continua, né?

— Cada um sabe onde lhe aperta o sapato. E hoje, você ainda tem o mesmo chulezinho?
— Não, agora uso aquele talco azedo. Mas se o freguês pede, paro de usar e fico sem trocar de meia...
— Perguntei por perguntar. Faz de conta que eu não curto chulé, certo?
— Cê que sabe — e ele baixou os olhos no prato, dando-se por satisfeito com a saliva gasta na comida e na conversa.

Pelo visto, Jair tornou-se mais dócil e cordato a fim de ganhar a clientela. Afinal, birra e pirraça são coisas de criança, e ele já começava a perder aquele ar de garoto desamparado que os michês habitualmente ostentam. Já adquiria, então, um ar de marmanjo desamparado, coisa bem mais grave e deprimente. Quanto ao tal jornalista, por um momento cheguei a me comparar com o cara, mas afastei da mente a sugestão de pagar, seja para cheirar chulé, seja para amar a prestação. A relação custo-benefício não compensa o investimento monetário e emocional. Parece que o amor é como bicho de pé: incomoda, atrapalha a vida, precisa ser extirpado e, mesmo depois, continua coçando.

O sexagenário sedentário

Um soneto como aquele "Dessedentado" (738) me veio após um episódio recente, porque tudo que me sucedeu depois de ter perdido a visão parece recente, uma vez que ainda não me adaptei à nova e crua realidade. Dediquei o soneto ao poeta potiguar Paulo Augusto, meu companheiro de geração na literatura e na militância gay, mas o poema alude a um personagem mais próximo, embora nada íntimo. Trata-se dum vizinho de quarteirão, o doutor Tolentino, como é conhecido, que vive sozinho num amplo apê de três quartos naquele prédio de sacadas onde sempre desejei morar mas nunca tive grana suficiente para sonhar com a compra de algum dos apês que vagam ali.

Não me adaptei, mas hoje convivo com a cegueira mais pacificamente que nos anos 90, quando o impacto da desgraça me levou a sonetar desesperadamente, como no soneto "Perpétuo", em que me considero prisioneiro e condenado a chupar o pau do primeiro carcereiro (leia-se qualquer visita) que aparecesse. Com o passar do tempo, consegui me virar na vida prática, e o fantasma da solidão deixou de ser um pânico meramente material para se concentrar na carência afetiva. Já não era a incapacidade que me assustava, e sim a ociosidade, que a punheta talvez não fosse bastante para preencher.

Mas fui me punhetando e fantasiando as cenas com algum visitante ocasional. Na falta de companhia para dar uma volta na rua e passar na padaria ou no mercadinho, eu dependia quase sempre do entregador em domicílio. E para não fazer pedidos a toda hora, eu tinha de estocar os mantimentos de consumo mais frequente. Houve época em que bebi mais cerveja de lata. Em outras fases consumi suco de caixinha. Naquele momento minha bebida favorita era a água mineral, que eu comprava em garrafinhas, umas dez a cada pedido. A adega mandava a encomenda por um molecão que vinha de bicicleta e nem sempre era o mesmo, já que nos cortiços da redondeza sobravam jovens desempregados e havia grande rotatividade nesse tipo de bico temporário.

Tocava o interfone e, como não havia ninguém comigo, pronto a descer até a portaria, o zelador estava prevenido para deixar subir o rapaz que trazia a água. Eu já tinha o dinheiro contado no bolso, e recebia o entregador pela porta da cozinha. Nem sempre o menino percebia que lidava com um cego. Quando eu avisava que não podia vê-lo, ele ficava meio sem jeito, a menos que não fosse sua primeira entrega comigo. Mas aconteceu que um desses garotões, ao invés de se constranger e balbuciar qualquer desculpa, riu quase gargalhando assim que me ouviu falar da deficiência. Fiz que interpretei seu gesto como um desembaraçado embaraço e procurei agir com naturalidade.

— Pode colocar aqui nesta mesa.

O molecão depositou a caixa de papelão sobre a toalha e eu apalpei com a ponta dos dedos para conferir a quantidade de garrafinhas tocando nas tampas. Eu podia adivinhar o sorriso do moleque me avaliando e seu olhar devassando o ambiente. Mas nem precisava adivinhar que ele estava suado, pois o cheiro era ardido.

— Pode conferir. O troco você guarda.

Ele pegou o dinheiro da minha mão, e senti seus dedos grossos e ásperos. Logo imaginei um crioulão forte.

— Obrigado. Posso usar seu banheiro?

— Claro. É aquela primeira porta, ali.

Apontei na direção da área de serviço. Ele entrou no banheirinho de empregada e nem encostou a porta. Escutei o jato de urina caindo no vaso. Jato grosso, que fazia o barulhão duma torneira aberta enchendo um balde. Demorou até que o meninão esvaziasse a bexiga, e ele parecia não ter pressa. Deixava sair pausadamente as últimas golfadas, depois as últimas gotas... E eu podia adivinhar aquela rola enorme sendo balançada, arregaçada, manuseada, acariciada... e guardada dentro do calção, manchando a cueca. Ou será que ele voltava à cozinha ainda segurando o pau para fora da braguilha? Não sei se era eu quem mais desejava esta última hipótese ou se o cara estava me transmitindo seu pensamento. Engoli em seco, mas ele telepaticamente entendeu meu silêncio como uma oportunidade para pedir um pouco d'água.

— Posso tomar da sua torneira?

— Não prefere gelada?

— Não, não. Da torneira mesmo. Vou pegar um copo daqui, tá?

— À vontade. O escorredor é à direita.

Eu apontava para a pia, mas ele ria porque já tinha avistado os copos e mexia neles antes que eu terminasse de falar. Encheu duas vezes, bebeu e deixou o copo sobre o mármore.

— Quando quiser é só pedir, tá?

Era ele quem falava, referindo-se à próxima encomenda, mas eu ia ficando agoniado por dentro, tentando me convencer de que aquela frase resfolegante e sorridente podia ter duplo sentido. Pela posição da minha cabeça ele podia, por sua vez, imaginar que, caso ainda enxergasse, eu estaria olhando fixamente para seus tênis imundos e deformados de tanto pedalar. Mas o tempo se escoava e, como ele tinha outras entregas a fazer, acabou o papo que mal havia começado e poderia ter um desfecho diferente. Quando ouvi a porta do elevador batendo e passei a chave na fechadura da entrada de serviço, senti o cheiro que vinha da privada. O danado não tinha dado a descarga! Fui até lá e, antes de apertar a válvula, não pude resistir e me ajoelhei na frente do vaso, para aspirar mais de perto aquele odor de mictório, sempre visualizando a rola gotejante e, quem sabe, semiereta. A minha estava totalmente dura, mas segurei a punheta até que matasse minha própria sede e fosse para o outro banheiro, onde confortavelmente tomaria uma ducha depois de gozar. Nisso apalpei na pia o copo deixado pelo marmanjo. Levei-o ao nariz. Ainda guardava o hálito de dente podre. Cheirei de novo antes de lamber a beira do copo. Depois me saciei na torneira e fui aliviar o tesão no chuveiro.

Quando voltei a encomendar água mineral, já não era aquele o entregador, e a cena não teve sequência. Bom tempo depois, conversando com o balconista da farmácia (que também é gay e com quem troco umas fofoquinhas picantes), toquei no assunto e Daniel reagiu sem surpresa:

— Ah, já sei! Era o Alemão!

— Alemão? O moleque não é crioulo?

— Se for quem eu tô pensando, não. É um loirão safado, que ri por qualquer motivo, né?

— Bom, rir ele ria mesmo. Achei que tava até tirando sarro do ceguinho...

— É ele mesmo. O cara não perdoa nada. Sabe o doutor Tolentino, aquele sessentão?

— Aquela "tia" que mora no prédio chique?

— O próprio. Pois esse Alemão fez gato e sapato dele!

— Jura? Quem contou?

— O Tolentino mesmo, ora! Não vê que eu sou o padre confessor da bicharada aqui no pedaço?

— Quase me esquecia... Mas então desembuche, viado de Deus! Quero saber tudo!

— Pois então! O velho também encomenda da adega e, quando viu a cara e o corpão do novo entregador, ficou com água na boca, sem trocadilho. Sabe que o moleque é tão safado que, mal deu de cara com o velho, sacou que era devoto da santa causa?

— E precisa ter malícia pra perceber a bichice do Tolentino?

— Dependendo da pessoa, ele sabe disfarçar. Mas nesse caso deu a maior bandeira, e o bofinho, aliás bofão, não se fez de rogado. Pediu pra usar o banheiro, do mesmo jeito que fez com você, deixando a porta aberta. O Tolentino ficou espiando ele mijar e, quando acabou, o Alemão virou de frente pro velho e balançou a rola sem parar de rir. Tolentino não se aguentou: perguntou se o cara queria ganhar uma gorjeta especial. "Que que eu tenho de fazer?", perguntou o Alemão. "Só deixar que eu faça...", respondeu o velho, todo babão. "Então faça!", disse o moleque, pondo as mãos na cintura e deixando o pau pendurado pra fora da calça. O velho nem piscou: ajoelhou na frente do chouriço e bebericou as gotinhas na ponta da cabeça, depois beijou de língua na pele meio arregaçada (ele me contou que a pele era tão carnuda que parecia um lábio), depois punhetou o garoto com a boca até jorrar mingau pra encher meio prato. Tolentino falou que o pau nem tava muito duro, mas era tão comprido que, mesmo durante o boquete, continuou dobrado pra baixo, e era tão grosso que o beiço do velho ficou dolorido, de tanto que esticou...

— Coitado do Tolentino! Quanto sacrifício, né?

— Ai, me deu pena! A gente bem que podia fazer uma vaquinha pra ajudar a pagar a gorjeta do Alemão, não acha, Glauco?

— Mas ele continua indo lá no apê do velho? Na adega eu sei que não trabalha mais...

— Não, sumiu. Diz o Tolentino que viu o moleque lá no supermercado, descarregando aquelas caixonas pesadas. Será que lá as gorjetas são maiores?

— Vai ver que sim... Talvez até uma gratificação do gerente...

— Mas o Tolentino não perde tempo. Outro dia vi o velho cumprimentando na rua um entregador de pizza, que passava de moto acenando. Parece que a popularidade do velho continua em alta...

— Olha, Daniel, pode até ser. Mas não é que ele seja tão popular: a gente é que deixa passar a chance de ficar famoso...

E voltei para casa pensando na próxima punheta, cuja fantasia agora seria completa, já que eu podia imaginar o que ficou faltando na punheta anterior.

Estatura da criança e do adolescente

Um soneto como aquele "da cena cortada" (771) me veio depois dum papo com Daniel, o balconista da farmácia, com quem me ponho a par das fofocas do quarteirão. Foi ele quem me contou por que o neto da jornaleira anda sumido: esteve preso e passou uma temporada na Febem. Não nego que a notícia me pegou de surpresa.
— Sério? O moleque até que tinha um sotaque meio malaco, mas eu achava que era modismo da nova geração... Quer dizer que ele é mesmo bandidinho?
— Bandidão! Você não sabe o tamanho dele! Se a periculosidade fosse tão alta quanto a estatura...
— Outro dia ainda brincava com a molecadinha...
— Pois é, Glauco, parece que os adolescentes estão crescendo mais rápido que o nosso pau...
— Ora, Daniel, não seja autocrítico! Vamos, que foi que o menino fez pra ser internado?
— Começou roubando a própria avó. Você sabe que a Zefa é viúva faz tempo, né? O marido não deixou nada, a velha só tem aquela banquinha pra sobreviver. Revista sai pouco, de modo que é quase que só jornal o que ela vende. Ela costumava deixar o Vaguinho tomando conta da banca enquanto ia entregar jornal nos prédios do quarteirão, e acabou descobrindo que volta e meia faltava algum

trocado. Pra ela cada moeda faz falta, e na hora de fazer as contas dava uma diferencinha cada vez maior, sempre que o Vaguinho tinha estado na função de caixa...

— Quando foi isso?

— Ah, tem uns anos, o Vaguinho inda calçava uns trinta e nove. Hoje deve estar calçando quarenta e três, quase quarenta e quatro, pra usar seu método de cálculo...

— Tava demorando pra você me provocar, né? Só falta você me contar que o pivete tem pé chato e o dedão mais curto... Mas não vamos mudar de assunto, pelo menos por enquanto. Continuando o caso do Vaguinho, aliás Vagão...

— Então: vivia passando a mão nos trocados da Zefa e, linguaruda como ela é, toda hora se escutava o maior bate-boca ali na esquina da padoca, antes de fechar a banca. Ela xingando ele de ladrão e ele xingando ela de mão de vaca. Uma vez peguei quando ela saía pra entregar jornal e avisava o Vaguinho: "Veja lá se não vai pegar dinheiro de novo, hem?". O respondão não deixou por menos: "Agora é que eu pego mesmo!". E na cara dela tirou da gaveta uma nota de cinco e enfiou no bolso. A velha ficou tiririca! Partiu pra cima do moleque e foi tapa daqui, empurrão dali... jornal caído no chão... o pessoal da padoca tendo que sair pra apartar... um sururu! Dali a uns dias já não vi mais o Vaguinho trabalhando na banca. O Nestor, aquele crioulo aposentado que vendia bilhete de loteria, estava ali dando uma mãozinha pra Zefa enquanto ela saía. Ela vive se queixando da vida com todo mundo, de modo que ninguém ligou muito quando ela falava que o Vaguinho andava com os malacos do cortição, que tava mexendo com droga, que ainda ia acabar preso ou morto. A gente achava que ela exagerava tudo, só pra impressionar...

— Não era ela quem tinha espalhado que o Tolentino foi pego chupando o pau do vigia daquele prédio em construção?

— É mesmo, foi ela que me contou...

— No fim foi o próprio velho que confirmou tudo pra você, não foi? O Tolentino se faz de senhor respeitável mas é tão escroto como... eu ou você, certo? Então acho que a Zefa nunca exagerou. O problema é que ela dramatiza muito e a gente acaba enjoando da novela...

— O fato é que o Vaguinho tava mesmo metido com sujeira. Sabe como a Zefa tomou conhecimento da prisão dele? No próprio jornal que ela mais vendia! Tava lá, na primeira página: Wagner de Tal, detido por participar dum arrastão...

— Como assim? O jornal não pode dar nome de menor...

— Mas deu, porque pensaram que ele já tinha dezoito, um rolo que a Zefa não soube explicar. Quando apuraram a idade dele, levaram pra Febem e ficaram transferindo de cá pra lá, de modo que a velha já nem sabia mais em qual unidade ele estava. Passa mais um tempo, e de repente quem me aparece aqui na farmácia procurando uns comprimidinhos fortes? Quem? O Wagner de Tal, agora sim, mais maior do que nunca, ou, como diria você, calçando quarenta e quatro.

— Você é que tá falando, Daniel. Eu nunca tive a chance de medir o pezão do menino, infelizmente. Mas e aí? O Vaguinho confirmou a versão da Zefa?

— Não só confirmou como detalhou coisas da Febem que a própria Zefa não contaria, se soubesse. Imagine, Glauco, que puseram o moleque numa cela tão lotada que não tinha espaço pra todo mundo dormir! De noite a molecada repartia os poucos colchonetes que cobriam o chão. Dormir é modo de dizer, porque ninguém descansa direito naquela aglomeração, muito menos do jeito que ficavam deitados. Como não tinha colchão nem espaço suficiente, em cada cama cabiam dois e até três pivetes, em posição de valete. Aqui é que a coisa fica curiosa pra você, Glauco! Já pensou? Aquela molecada

suada de jogar bola no sol durante o dia, sem banho, tirando o tênis na hora de dormir e deitando, um com o pé na cara do outro?
— Vou deixar pra pensar em casa. Agora conte o resto, seu torturador sádico!
— Acontece que o Vaguinho já me conhecia, sabia que sou gay, até já tinha me provocado, mas, como sei que ele queria grana pra transar, fiz que não tenho tesão por garoto. Mesmo assim ele sempre se abriu comigo nesses assuntos. Foi por isso que me animei a perguntar desses detalhes. Ele confessou que dividiu a cama com um assassino perigoso e teve de jurar que obedecia pra evitar problema. Sabe o que o marginal mandava fazer? Além do pau, Vaguinho teve que chupar o pé do cara!
— Na frente dos outros?
— Aí é que tá: o pau ele chupou de dia, fora da cela, num canto escondido qualquer, mas o pé era ali no colchonete. Disse que, por causa da posição, mal podiam se mexer, mas rolava muita chupação de pés. Uns faziam por gosto, outros na marra, mas o chulé era igual pra todos...
— Daniel, você não está inventando...
— Se alguém inventou foi o Vaguinho. Disse até que tinha gente que vivia carregando os tênis dos mais mandões pra todo lado. Amarravam os dois pés pelo cadarço e penduravam no pescoço, andando com aquele charmoso cachecol pra lá e pra cá, enquanto o dono do tênis tava de chinelo ou descalço, às vezes praticando algum esporte, ou usando outro pisante. Sei lá. Mas que o Vaguinho encarou a lancha, encarou. Disse que o outro gozava, às vezes na punheta, às vezes na mão do próprio Vaguinho, conforme a vontade do momento.
— Ninguém reagia? Ninguém recusava?
— Alguma briga sempre rola, mas os monitores entram logo no meio se escutarem barulho, e aí o castigo é geral. Por isso eles

evitam qualquer acerto de contas no dormitório. O pé na cara já é um aviso pra não reagir, dependendo da força ou do poder do outro. Acho que é um tipo de acordo tácito, um pacto de silêncio noturno, vamos dizer.

— Mas o Vaguinho não tinha força pra se impor? Ou era só tamanho?

— Sabe, Glauco, o menino tem jeito de bruto mas só é valente com a avó. Acho até que tem tendência pra virar um gay tão passivo ou tão enrustido como qualquer um de nós... Sempre a velha história, né? Menino órfão... Alguém vai dizer que é carência, más companhias, falta de escola, de acompanhamento psicológico, coisa e tal... Só que na prática o corpão não evitava que o moleque fosse abusado.

— E o pé do Vaguinho? Também não ficava na cara do outro?

— Aqui é que entra o lado mais curioso. Vaguinho acabou abrindo o jogo. Contou que o cara fingia que não gostava, que desviava o rosto, e tal, mas bem que ficava relando o nariz quando achava que o Vaguinho tinha pegado no sono. Até que, uma vez, mandou que o Vaguinho ficasse quieto enquanto ele lambia no vão dos dedos. Vaguinho disse que sentiu cócegas mas deixou, porque o outro mandava...

— Por que não reconhece que deixou porque tava gostoso? Que mania de não dar o braço a torcer! Quer dizer, o pé...

— E você, Glauco, torceria o pezão dele?

— Se ele não me deixasse lamber eu mordia!

Saí da farmácia mordido de desejo e fui bengalando, lentamente, até dobrar a esquina da padaria e alcançar a grade do meu prédio, onde o porteiro me avistou e veio ajudar a subir os degraus da entrada. Daniel sempre se oferecia para me acompanhar, mas eu preferia percorrer sozinho aquela curta distância, a fim de não desaprender a usar a bengala. No caminho, passei pela banca da Zefa, que naquele momento se despedia dum freguês, e cumprimentei:

— Boa tarde, dona Zefa! Tudo indo?
— Indo mal, né, meu filho?
— Eu que o diga! E o Vaguinho? Nunca mais apareceu?
— Ele que nem apareça, que me faz um favor! O que tem de tamanho tem de malandragem! Se você soubesse...
— Outra hora a senhora me conta, tá? Tenho que fazer uma coisa urgente!
— Vai com Deus, meu filho!

Zefa riu descontraída, pensando que meu aperto era talvez intestinal. Coitada da velhinha! Parece tão maliciosa mas é tão ingênua... Ou será que o inocente aqui sou eu?

Papel anti-higiênico

Um soneto como aquele "Higiênico" (143) me veio na mesma noite em que, conversando com Carlos Carneiro Lobo, a monotonia dos contos eróticos foi a pauta central. Comentávamos que, no caso da literatura gay, sempre houve pouca vanguarda e muita retaguarda, e o magistral ficcionista de *Histórias naturais* e de *Geografias humanas*, que costumeiramente me visitava, expunha então sua própria teoria a respeito: a arquetípica estrutura narrativa na base do começo-meio-e-fim, contestável ou não, fica reduzida, no homoerotismo, à mera sequência ereção-penetração-ejaculação, que, já pouco criativa por si mesma, resulta ainda mais burocrática por estar presa a falsos clichês como o mito do pau grande e o vício do coito anal. "Parece (dizia ele naquela noite) que os gays não conseguem escapar do círculo vicioso entre a felação ativa e a sodomia passiva... e quando escapam limitam-se a inverter os termos do dilema, comendo o cu e deixando-se foder na boca. A reciprocidade, em qualquer caso, só confirma a falta de escapatória."
— Tem razão, Carlos. Qualquer mexida nas peças bagunça o tabuleiro dessas cabecinhas primárias. Veja, por exemplo, como é difícil pro contista gay trabalhar com a posição boca-no-cu. Na ideia dele o ato anilingual, quando ocorre, só serve pra lubrificar o

cu que vai ser fatalmente enrabado. Não se enfatiza o cunete com a carga psicológica que caberia nessa comunhão tão delicada...
— Bem lembrado. Sei dum caso que ilustra perfeitamente essa carga que você acha importante.
— Isso me interessa. Quer contar?
— Pode ser. O novelo não tem nada de enrolado. Numa ponta está um deficiente físico, na mesma situação em que você ficou. Não falo da cegueira, mas da inferioridade. O cara é cadeirante, amputado nas duas pernas e na mão esquerda.
— Que coincidência! Ontem mesmo estive lendo o testemunho dum cadeirante americano que tirei daquele sítio de gays deficientes... Está salvo aqui, vou mostrar.

Aproveitei que o computador falante estava ligado e saí da pasta onde arquivo meus poemas para entrar na dos depoimentos sobre sexo oral. Localizei um relato publicado no www.bentvoices.org do qual Carlos leu na tela os seguintes trechos:

"When I became a wheelchair user years ago, after a drinking and driving accident, I had no idea how drastically my life would change. I had once been a cutie, but now I was sitting in a chair. How could I still be attractive to other men? While trying to figure out the answer to that question, I discovered that people can and do make me feel like a second-class citizen by the way they treat me, talk to me, stare at me. I am tired of people talking to me like I'm stupid. They see me using a wheelchair and automatically start speaking slowly and clearly. I'm a crip, not an idiot! If I live to be 100 years old it will never cease to amaze me how many stupid fuckin' people there are in this world. I live an independent life. I work. I play. I clean my house. I shop for food. And I live alone. Despite all that, too many people see me as less-than-a-whole person — someone who will require nothing but caretaking. I try to dispel myths like that by example, by commanding respect wherever I go. I'm a powerful man and I'm diligent about maintaining the power I get. But there's one time when I feel more powerful than others. Let me explain. I'm very much into anonymous sex. Sure, some people will criticize, but I don't give a shit. I'm a big boy and I do what I want. I always play it safe so there's not much I need to worry about. My specialty is cocksucking. That's right. I'm an expert. There's nobody better and I have the letters of recommendation to prove it! My friends call me 'whore,' 'slut,' and a bunch of other names, but I just write it off as jealousy, pure jealousy. [...] I do it better than anybody. My mouth is made for cock. While any size will do, the bigger the better. For me, there's no better feeling than having my mouth crammed with somebody's big dick. I use my mouth unlike anyone else. When I apply a certain pressure, devote my attention to a certain spot, well, I can make a man blow his load in record time. My disability has prompted me to perfect my technique. In the past I could spend hours kneeling at a glory hole. Now I have to sit to give it all my attention and concentration. And when you suck cock you've got to concentrate if you want to be the best. Now what's this power I speak of? Well, let me just tell you. Take a big, strapping guy — a guy you wouldn't want to meet in the proverbial dark alley if he was intent on ripping you off. But put this same guy in a sex club or my house with his dick in my mouth and he becomes a babbling, moaning baby — defenseless and vulnerable, just the way I want him. I find it amazing that someone with such strength can become a 'husk of his former self' just by inserting one particular body part (a BIG part, I hope) in my mouth. [seguia-se uma série de situações nas quais o cadeirante compensava a deficiência com sua habilidade na felação, gabando-se de ter feito com que os machões mais abrutalhados gozassem em sua boca e, totalmente relaxados, revelassem fragilidade] So now you see how it works. When society makes me feel weak and powerless, I suck dick! There's no better way to boost my self-esteem."

— Ah, Glauco, o caso dele é bem diferente. Esses "freaks" americanos têm sua autoestima bem incentivada. Por aqui o buraco é mais embaixo. O cadeirante que conheço não é masoca declarado como você, mas passou por humilhação que você talvez não encarasse...

— Será?

— Veja só: o sujeito é jovem, ainda tá no vigor dos trinta. Vou chamar o cara de Aleixo. Sempre se considerou gay, mas pros amigos gays dizia ser bi e pra família aparecia até com namorada, daquelas que estão mais pra noiva que pra esposa. Na família era ele o único com curso superior, algum desses diplomas na área empresarial, mas que não lhe dava a função de alto executivo que ele ambicionava. Mesmo assim tinha emprego melhor que o das duas irmãs mais novas e que o do pai, metalúrgico quase aposentado. Antes de se acidentarem, viviam todos na mesma casa no ABC paulista. Depois do acidente só ele sobreviveu.

— Que acidente?

— De ônibus. Desciam pra praia num feriadão e o motorista perdeu o freio numa curva da Anchieta. O despenhadeiro nem era tão fundo, mas pouca gente se salvou, alguns bem mutilados. Aleixo teve sorte de perder só as duas pernas e metade dum braço, mas depois achou que foi azar não ter ido com os outros. Custou a se recuperar. Caiu na deprê, ficou sem namorada, saiu da firma onde trabalhava e não pôde bancar o aluguel da casa. Acabou tendo que morar de favor na casa duns primos. Favor é modo de dizer, porque pouco tempo antes eram esses primos que estavam na pior, desempregados e doentes, e tinha sido a família de Aleixo quem socorreu os dois, com remédios comprados pelo próprio Aleixo, fora outras despesas, tipo diária de hospital, contas atrasadas e até o arroz com feijão, já que ali era todo mundo adulto e o leite das crianças não fazia parte do planejamento familiar... O fato é que Aleixo arcou com o ônus de cabeça erguida, nariz pro alto e o ego lá em cima.

73

— Quanto provérbio! A desgraça pouca, o mundo dando voltas, uma mão lavando a outra...

— Mas também teve cuspida no prato. Os gêmeos Valdir e Valmir (vamos chamar assim) dividiam um sobradinho em Osasco. Valmir e sua companheira já tinham arrumado serviço. Valdir continuava solteiro e desocupado, pensando só em musculação e artes marciais. Imagine o conflito de brios e melindres, Glauco: enquanto era saudável e qualificado, Aleixo até se orgulhava de sustentar a maior parte do orçamento doméstico e ainda dava lição de moral socorrendo os primos "irresponsáveis". De repente, se vê na dependência duma retribuição... que no começo foi espontânea, mas logo acabou gerando atritos. Aleixo se julgava tão incapacitado que depositou as últimas reservas financeiras na mão dos primos, deu procuração pra cuidarem de seus direitos, mas ao mesmo tempo acreditava ter ainda alguma autoridade pra cobrar deles mais "juízo", particularmente do Valdir, que tinha recebido a maior parcela de auxílio e devia, na opinião do acidentado, "reconhecer" a generosidade e "corresponder" com igual dedicação. Não demorou pra que a roupa suja fosse lavada em bate-bocas cada vez mais frequentes, principalmente entre Aleixo e Valdir, já que o casal passava quase todo o tempo fora. Um jogava na cara do outro os respectivos podres, Aleixo xingando o primo de "ingrato", "vagabundo" e "aproveitador", Valdir apelando pra ignorância e chamando o cadeirante de "inválido", "inútil" e... (tava demorando) "viadão escroto" ou "bichona de merda"...

— Claro, na hora da baixaria, nada como comprometer a honra do macho...

— Exato. Aleixo sabia que os familiares e parentes sempre desconfiaram, mas nunca admitiu que um dia alguém fosse tocar no assunto, porque, afinal de contas, sempre deu exemplo de rapaz certinho. Como é que, de repente, vem um mal-agradecido sem-vergonha desrespeitar sua "desabilidade" e ainda por cima sua sexualidade? O pior é que, até o momento da discussão mais acirrada, era justamente o Valdir quem dava assistência a Aleixo dentro de casa, já que este quase nem saía. Como não podia subir escada, o deficiente dormia na edícula do quintal e só se locomovia da sala pra cozinha e dali pro quartinho ou pra privada ao lado. Uma vez por dia, Valdir carregava o primo nas costas até o andar de cima, onde ficava o banheiro que tinha box, e ali Aleixo se lavava. Depois era de novo carregado até o térreo e voltava pra cadeira de rodas ou pro sofá. No dia do rompante a coisa começou bem na hora em que Aleixo saía do banho. Como demorava pra se enxugar, Valdir entrou no banheiro sem bater na porta e mandou que ele se apressasse, pois não ia ficar o resto do dia à disposição dum peso morto. Ah, pra quê! Aleixo jogou os cachorros pra cima do primo e levou na cara o famoso "viadinho de merda" que desencadeou as vias de fato. Aleixo tentou ofender no mesmo nível: "Você é que é um bosta! Ao menos eu limpo meu cu sozinho! Você não limpa o seu porque não quer, porco nojento!". Valdir deu o troco: "Não limpo mesmo! E daí? Não limpo e faço você limpar, se eu quiser, seu chupa-rola!". "Ah, faz? Então faça! Quero ver sua valentia, seu cagão!" Aleixo duvidava que o outro fosse capaz de passar dos limites da violência verbal, mas Valdir pôs pra fora todos os demônios e partiu pra cima dele. Aleixo foi jogado de bruços no chão e teve o braço torcido até o ponto máximo da dor e mínimo do amor-próprio. Foi tão fácil pro Valdir quebrar a resistência dum cara corpulento mas indefeso, que ele até esqueceu a raiva pra achar graça nos gritos do coitado. "E agora? Tá vendo quem manda aqui?" E forçava o braço torcido pra provocar mais gemidos e pedidos de "Pelo amor de Deus!"... Foi então que o corpo nu do mutilado despertou os baixos instintos que Valdir guardava em segredo e só liberava nas punhetas. "Seu viado de merda! Quero ver você engolir tudo que falou! Vou jogar você da escada! Vai quebrar a espinha e ficar paralítico duma vez!" E reforçava as ameaças com puxões e empurrões, sem soltar o braço torturado. "Não vou mais carregar nenhum esquartejado pra cima e pra baixo! Você vai ter que rastejar! Eu vou ficar só olhando e rindo!" Aleixo continuava implorando e a empolgação de Valdir aumentando. "Então? Vai limpar meu cu ou não vai?" "Para! Me solta!" "Vai limpar? Não responde?" "Eu limpo! Me larga!" "Mas vai limpar com a língua! Não vai?" "Isso não! Ai! Para! Eu limpo, eu limpo!" "Com a língua?" "Limpo!" "E depois inda vai pedir pra chupar minha rola, não vai, seu boca de penico?" Desta vez a resposta de Aleixo saiu menos relutante: "Vou! Eu chupo, eu faço o que você quiser, mas me deixa senão meu braço vai... Ai!". Valdir deu trégua e Aleixo virou de cara pra cima, lacrimejando de dor. Antes que recobrasse as forças, Valdir tinha arriado as calças e se acocorava sobre aquele rosto assustado, encaixando o rego entre o nariz e o queixo do deficiente. Mesmo sem estar imobilizado, Aleixo já não oferecia resistência, fosse porque sabia que o primo era capaz de cumprir o que ameaçava, fosse porque seu jejum de sexo já durava meses. A primeira reação foi de náusea, mas o cheiro não era tão fecal quanto Aleixo imaginava, e a língua começou a explorar a abertura que ia se afrouxando, se alargando, até que um bafo quente invadiu as narinas do derrotado com fedor sufocante. Valdir forçou outros peidos, mas os estalos já não foram acompanhados de muito gás. "Anda, continua!" E a língua recomeçava a faxina, esquadrinhando cada dobra em busca daquilo que o papel higiênico não tivesse encontrado, vasculhando cada pelinho em volta à procura da badalhoca que, feliz ou infelizmente, não estava ali. Na posição em que tinha se agachado, com o saco na testa de Aleixo, o vencedor não podia ver como o pau do vencido dava pulos e se remexia tanto quanto os cotos das pernas, ao contrário do braço dolorido, que repousava no ladrilho frio do banheiro. É verdade que, ao carregar o primo nas costas, Valdir tinha percebido que a mutilação não interferia nas funções sexuais do membro, que parecia se avolumar, mas sempre fingiu não ter notado o constrangedor detalhe anatômico. Agora, excitado pelo contato macio da língua, mais macio que o do seu próprio dedo, Valdir se deixou escorregar pra trás de modo que seu saco fosse também lambido, e em seguida o pau. Não foi preciso que Aleixo recebesse a ordem de chupar. Quando a língua deslizou até alcançar a cabeça, o resto foi automático, e Valdir ficou só observando aquele marmanjo musculoso a mamar feito um bebê chorão, sem resistir nem reclamar, fazendo esforço pra levantar a cabeça e poder abocanhar mais fundo. Ia atirar algumas outras palavras humilhantes nas fuças do castigado, mas a cena já era bastante pra satisfazer qualquer gostinho de tripudiar, e Valdir se deu ao luxo de apreciar os movimentos da cabeça fodida enquanto o pau bombava, sem pressa, pra não acabar logo, pra prolongar o sabor da vitória e prelibar um futuro de superioridade e deleite. Sim, porque Valdir já se dava conta de que aquilo era apenas o começo duma nova fase e que a mamata iria durar pelo menos até quando Valmir também cobrasse mais responsabilidade e ele tivesse que se definir, arranjando trampo e juntando os trapos com sua própria companheira, coisa que não podia tardar... Não vou dizer que este cadeirante virou um felador tão habilidoso quanto aquele americano. Mas que aprendeu a chupar do jeito que Valdir gostava, aprendeu. Mesmo porque já tinha alguma, digamos, experiência anterior. Agora, o que esse cara desempenhou mesmo, até ganhar prática, foi o papel do papel...

— Sem asco nem fiasco, eu diria. Mas como você ficou sabendo disso tudo?

— Digamos que eu sei perguntar... e digamos que a cunhada do Valdir é minha funcionária.

— No sebo?
— Pois é. Contratei a moça ano passado, e tá se saindo bem. Adora ler, principalmente aqueles clássicos pornôs que eu vendo como raridades. Conversa vai, conversa vem, ela me confidenciou esse caso e alguns outros, que já aproveitei como matéria-prima pro meu livro.
— E quem contou pra ela? O marido ou o cunhado?
— O cunhado. Hoje em dia ela tem mais intimidade com o Valdir que com o Valmir...
— Entendo. Basta a meia palavra. Mas me diga uma coisa: por que você ainda não usou este caso num conto?
— Deixo pra você. Esse departamento homo não é bem o meu, você sabe.
— Então você fica com os adultérios das cunhadas que eu fico com as bissexualidades dos primos. Combinado?

Carlos deu uma gargalhada gostosa e desliguei o computador. Assim que ele se despediu, corri à privada para aliviar o intestino. Enquanto evacuava, fiz de conta que cada tolete que passava pelo esfíncter equivalia a uma lambida. O teatro funcionou e meu pau aplaudiu de pé.

O massagista masoquista

Os sonetos "Subempregado" #3 e #4 me vieram dez anos depois que a cegueira completava seu estrago no olho em que, até então (1993), ainda havia visão residual. Naquele momento meu estado de ânimo era o pior que se possa imaginar, e fazer sonetos (como, de resto, qualquer atividade intelectual) seria algo fora de questão. Mesmo assim, meu tesão continuava vivo e esperneando, talvez até para compensar tanta angústia, e minhas tendências masoquistas já buscavam justificativa na iminente condição de "inválido" que me estava reservada. E já que ainda me achavam espirituoso, tratei de concentrar essa teimosa presença de espírito nos papos entre amigos e parentes, a fim de sondar neles alguma potencial tendência sádica. Digo "amigos e parentes" porque, àquela altura, a deficiência visual não me animava a aventuras sexuais com estranhos, mantendo-me preso aos círculos mais íntimos. Nesses círculos sempre havia alguém casado com uma nissei ou um sansei, de maneira que os almoços domingueiros, as churrascadas ou as festas em família acabavam reunindo algumas ocasionais e adicionais presenças nipônicas. Numa daquelas tardes me achei, depois de esvaziados os pratos, em companhia de dois japas quarentões como eu, enquanto o resto dos convidados formava outras rodinhas de papo pelo vasto jardim da casa, que ficava num condomínio fechado. Conversa vai, conversa vem, veio a cegueira à berlinda e despertou a inevitável curiosidade deles em saber como eu estava me virando, se já usava bengala ou se já aprendera a ler com os dedos. Um deles, o Minoru, mais reservado, constrangia-se ao perguntar sobre minha solitária e sedentária rotina caseira, mas o outro, Sadao, parecia à vontade para tocar nos detalhes mais melindrosos.

— E já saiu sua aposentadoria? — fala Minoru.

— Já, fui aposentado por invalidez.

— Sorte sua ter esse direito! — fala Sadao. — Na sua situação muita gente fica desamparada só porque não prestou um concurso público.

— Tudo é relativo, né? Tem quem diga que é melhor mendigar no Brasil que ser escravo na Ásia. Vocês já ouviram falar como é dura a vida dum cego lá na Tailândia ou na Indonésia? Me contaram que eles viram massagistas cativos pra terem o que comer, sem direito a recusar nem reclamar nada...

— No Japão a coisa é mais humana... — fala Minoru. — Tem muito cego massagista, mas a profissão lá tem dignidade, é bem respeitada.

— Se eu vivesse no Japão na certa ia ser massagista por opção, mas na Indonésia eu seria na marra. Dizem que pra tudo existe uma capacidade de adaptação no ser humano. É como a prostituição nas cadeias, né?

Neste ponto Minoru acha um pretexto para ir pegar mais cerveja e acaba entretido num papo mais palatável com umas primas. Sadao vai fazer o mesmo mas volta trazendo uma garrafa gelada. Enche meu copo e retoma o tema. Parece que mordeu a isca, ou acha que eu é que vou morder.

— Mas "Gurauko", você não acha humilhante esse negócio de massagear sem enxergar nem poder recusar qualquer tipo de massagem? Lá no Japão também tem algumas coisas que um cego não se sujeitaria a fazer. Só faria se quisesse. Não é só questão de adaptação ou de necessidade...

— Mas acho que eu faria. A cegueira ensina a gente a ser humilde. Além do mais, sempre acreditei que os japoneses têm razão de se considerarem superiores. Um "gaijin" já é naturalmente inferior, quanto mais sendo cego! Em pouco tempo eu acabava me dando por honrado em trabalhar pra dar prazer a um "nihonjin", tenho certeza.

Sadao não reprime uma gargalhada curta e grossa, típica do macho nipônico, que pode rir alto, ao contrário da risada feminina, que só consegue ser timidamente baixinha e fininha.

— Olha que o japonês é muito exigente, hem "Gurauko"? Você ia ter que satisfazer um gosto meio extravagante...

— Eu sei disso. Usar só a mão não seria suficiente, né? Eu teria que estar preparado pra trabalhar com a boca, e teria que me acostumar com cheiros e gostos bem variados, certo?

Sadao solta outra daquelas gargalhadas escrotas, mas logo silencia ante a aproximação de vozes femininas. Chega a mulher dele com uma amiga, comentando que na certa estávamos contando as tais "piadas de homem", mas como elas só tinham vindo trazer umas frutas até a mesa à qual nos sentávamos, somos novamente deixados a sós e o papo prossegue.

— Como é que você sabe dessas coisas, "Gurauko"? Por acaso já praticou?

— Quase. Um amigo meu já passou por isso. Ele é cego de nascença e até fez curso de massagem, de reflexologia, de shiatsu, do-in, essas coisas todas. Mas na hora do vamos ver o que funcionou mesmo foi a língua. Ele costumava massagear a domicílio, sabia bengalar e tomar ônibus sozinho. Quer dizer: tinha boca pra tudo, não só pra ir a Roma. Um dia teve que atender um "oji-san" no escritório,

depois do expediente. Tinha sido recomendado pelo filho do cara, outro que gostava de tirar uma casquinha do cego. Chegou lá, quando os funcionários do cara já estavam de saída, e, quando perguntou se um divã estava preparado, o cara disse que não precisava de divã pro tipo de massagem que o cego ia fazer. "Começa pelo pé", falou o "oji-san", e se acomodou numa poltrona, apoiando os pés num pufe. "Quero primeiro com a mão, depois com a língua!" O cego nem estranhou, porque já estava prevenido pra situações do tipo. Tratou de se agachar e foi descalçando as meias do freguês, que já estava sem sapato. Manipulou direitinho, de acordo com o tal "mapa holístico" da sola, e logo passou a lamber. Lógico que deu pra notar, ou melhor, pra sentir a bela frieira que o sujeito tinha nos dois mindinhos...
   Sadao corta com sua risada gostosa e rapidinha.
   — ... mas o massagista provou que sabia encarar com coragem as dificuldades da vida, o que deixou o patrão todo cheio de si. Quando a língua chegou no ponto onde o cheiro é tão salgado quanto o da frieira, o ego do japonês já estava lá em cima, escorrendo de alegria. Foi só abocanhar e deixar entrar fundo, bem devagar, de modo que o patrão avaliasse com calma a qualidade do serviço, o capricho no acabamento, a atenção em cada detalhe, o cuidado em não deixar nada sujo, nada pingado no chão, nem uma gota perdida, nem um só floquinho de sebo sem ser recolhido. O prazer do "oji-san" foi completo, físico e psicológico, vendo que o cego dependia da aprovação dele quanto ao desempenho da tarefa. E tanto dependia, que o massagista só se deu por aliviado quando o cliente abriu aquele sorriso descansado, de total satisfação, e falou: "Muuuito gostoso, né?". A prova de que o cego tinha trabalhado a contento foi ter sido chamado outras vezes a comparecer no gabinete do chefão daquela empresa. Esse amigo chegou a me recomendar pra um teste, mas não houve tempo, já que o pai teve que acompanhar o filho numa viagem ao Japão. Acho que estão lá até agora...

— Quer dizer que você ainda não sabe se passaria no teste...
— Certeza não tenho, mas posso garantir que ia me esforçar ao máximo.
— Quem sabe eu quebre o seu galho, hem, "Gurauko"? Sou bastante exigente, mas posso dar uma colher de chá sabendo que você não tem tanta prática quanto esse outro ceguinho... Que é que você me diz?
— Estou pronto pro sacrifício. É só me avisar com antecedência pra dar tempo de fazer uns exercícios de maxilar e uns gargarejos, e minha boca topa qualquer parada, até bexiga cheia e intestino solto!
— Assim é que se fala, ceguinho! Ligo pra você amanhã e marcamos a sessão, combinado?

O mais engraçado não foi o acesso de riso — muito mais longo e estrepitoso que o habitual — que Sadao me jogou na cara assim que o fiz gozar pela primeira vez em minha garganta, mas sim a insistência de Minoru em querer saber do primo o que foi que ele fizera comigo a partir daquela tarde.

— Levei ele pra uma pescaria.
— Sério? Que é que ele foi fazer lá se não enxerga?
— Foi me ajudar a colocar minhoca no anzol...
— Não brinca! Vocês foram mesmo pescar?
— Claro! Ele até pensou que só ia pegar lambaris, e acabou levando uma carpa... (e tome risada)
— Você é muito gozador, Sadao! Vai, conta aí! Que foi que você aprontou com ele?
— Nada de mais. Só dei a ele uma boa história de pescador pra contar. O mais gostoso de tudo é que nem precisei desembolsar num pesque-pague! Vai por mim, Minoru: a melhor higiene mental é quando você dá a um deficiente a chance de ser útil pra sua higiene corporal...

E desatou a rir, daquele seu jeitão tipicamente nipo-machista. Desnecessário dizer que as respectivas esposas nem desconfiavam do teor destes diálogos, ou, antes, intuíam mas faziam de conta que tudo não passava de "piada de homem"...

A noite do porteiro

O soneto 914 me veio quando, num papo com outro podólatra, confessei que nunca havia encontrado em macho adulto um chulé tão forte quanto aqueles de que me lembro enquanto ainda estudava num colégio de bairro e vivia fuçando escondido no vestiário dos alunos de educação física, onde alguns pés de tênis ou chuteira, negligentemente largados, me deixavam chapado a ponto de gozar na cueca sem sequer tocar uma bronha. Nelo, que se gabava de ter degustado mais pés que qualquer outro retifista, deu sua risadinha desdenhosa:

— Faz sentido: chulé de adolescente costuma ser tão gritante quanto o tom de voz deles. Mas você precisava provar o vaporzinho do tênis que um porteiro do meu prédio usava!

— Ah, você já se entregou aos caprichos dum porteiro, é? Só falta ser um porteiro da noite, daqueles bem carrascos...

— E era mesmo. Não nazista como aquele do filme, mas rancoroso o bastante pra descontar em mim toda a humilhação que sofreu e remoeu...

— Essa você tem que me contar em detalhe!

— Aquilo é que era chulé, Glauco! Acontece que isso rolou ainda nos 70, quando os condomínios obrigavam os funcionários a usar uniforme, lembra?

— Claro. Mas no prédio onde morei o uniforme só incluía sapato, ninguém podia trabalhar de tênis, pelo menos na portaria...
— Aí é que tá! Esse porteiro era novo no emprego, pouco experiente e pouco acostumado a receber ordens ou instruções. Achou que no turno da noite a coisa não era tão rigorosa e começou a vir de tênis, daqueles bem brancos, que pegam sujeira com a maior facilidade e chamam a atenção de qualquer jeito, limpos ou sujos. Coincidiu que eu entrava no prédio bem na hora em que a síndica dava uma bronca no rapaz. Era uma perua insuportável, cheia dos fricotes, que comia mortadela e arrotava fiambre. O coitado ficou com a cara no chão. Pra ser mais exato, a cara dele só faltou servir de capacho pro salto agulha da madaminha. Nem sei se a vergonha maior foi ter sido esculachado por uma mulher ou ter passado por aquilo na minha frente. Mesmo que eu fosse discreto e minha fama não estivesse espalhada no prédio, algum funcionário já tinha notado que as minhas visitas nunca eram femininas, e os comentários sempre passam pela portaria.
— Você morava sozinho?
— Pois é. Mamãe passava às vezes pra me levar um doce de batata-doce, mas quase sempre quem aparecia era um namorado meio firme que tive naquela época. Então, depois daquela cena passei uma vez pelos fundos do prédio, porque o elevador da entrada social estava quebrado. Ao lado do elevador de serviço ficava um quartinho que servia de vestiário pros funcionários. Dois deles, que tinham trocado de roupa e já estavam de saída, comentavam qualquer coisa sobre o novo porteiro. Enquanto esperava o elevador, apurei o ouvido e escutei: "Porra, isso fede que nem cachorro!". "Cachorro morto!" (falava o colega) "De quem é isso, do Odair?" "Ele tem que dar um jeito de guardar esse tênis noutro lugar!" Ah, não tive dúvida: esperei eles se afastarem e entrei no quartinho. Glauco... aquele chulezinho defumado tinha tomado conta do

ambiente. Mesmo quem tá acostumado percebe que é fora do comum. Não resisti: passei a mão naquele par de quedes, enfiei na sacola de compras que trazia comigo e subi correndo pro apê. Deixo você imaginar quantas vezes gozei. Só lhe digo que aspirei tanto aquele chulé que até gastou. No dia seguinte tinha diminuído...
— E o Odair? Foi pra casa de sapato?
— Deve ter ficado ainda mais puto, achando que até os colegas estavam de perseguição contra ele. Mas, pra não deixar o cara no preju, dei uma lavada no tênis e tratei de colocar no mesmo lugar, dois dias depois.
— Me fala do tênis! Quero mais detalhe, Nelo!
— Ah, não era novo nem velho. Comum, de pano, desses de amarrar. Era branco mas estava encardido. Por dentro é que o bicho pegava: a palmilha tinha virado uma poça de suor acumulado, estava marrom de sujeira. Depois que cansei de lamber ficou cor de café com leite...
— E o gosto?
— De toucinho, que nem o cheiro. Divino, Glauco!
— É, Nelo, estou vendo que, cada vez que batemos papo, aumentam meus motivos pra invejar você...
— Então se prepare pra ter um motivo a mais: eu não degustei só o tênis do Odair...
— Ah, eu sabia! Estava demorando...
— Também achei que demorou, porque eu não tinha jeito de chegar nele, sabendo como estava no veneno. Por ironia, justamente porque o veneno se agravou é que eu consegui. Foi assim: naquela época não tinha tanta insegurança, a gente podia deixar uma cópia da chave na portaria, pro caso dalguma emergência ou pra que uma empregada fosse trabalhar na ausência dos patrões. Pra minha chave a instrução era que só fosse entregue à faxineira durante o dia e ao Lúcio (meu namorado), que costumava vir

tarde da noite. Mamãe só vinha quando eu estava, mas uma noite ela apareceu de surpresa, trazendo um curau, e, como eu tinha saído, pediu a chave. Odair, que estava de plantão, reconheceu a velha e entregou. Aí foi minha vez de perder a paciência com ele. Esqueci do tênis, do chulé mágico, de tudo, porque mamãe entrou no apê quando não podia ter entrado: muita coisa estava fora do lugar, revistas, fotos, vídeos, um monte de material comprometedor... Resultado: mais um esculacho no Odair. Quando foi mais tarde, o edifício todo já sem movimento, não é que ele deu uma subida até meu apê só pra tirar satisfação?
— Como assim? Saiu do sério? Abandonou o posto?
— Acho que pediu pro garagista ficar no lugar dele enquanto ia no banheiro. Eu ainda não estava dormindo quando tocou a campainha. Pensei que era o vizinho do lado, com quem trocava receitas de pudim, e dei com o Odair parado no corredor, cara transtornada de raiva, suando e gaguejando. Falou meio no atropelo, mas entendi umas coisas tipo "Você deixa qualquer um entrar e pra sua mãe não pode dar a chave? Eu é que tenho de pagar o pato se você recebe um amiguinho mas não deixa sua mãe entrar?".
Não me lembro se algum xingamento tipo "bicha" ou "viado" se engrolou no meio, mas fiquei tão surpreso com a atitude dele que nem tive reação. Ele aliás nem esperou e me deixou plantado na porta, enquanto voltava rápido pro elevador. Fechei a porta e fiquei meditando um pouco, recostado na poltrona onde ouvia meu som no fone. Aquilo tinha sido um descontrole momentâneo, não era natural nele, a não ser pelo bafinho de cachaça que senti enquanto ele desabafava. Muita pressão, e o cara perde o senso do limite. Pensei: se eu reclamo pra síndica ele tá na rua. Mas se eu não reclamo, passo por banana. De repente me vem a saída: tirar proveito da situação...
— De que jeito?

— Veja só: espero até o dia seguinte e, quando ele tá distraído lendo a manchete de estupro no jornal descartado por um condômino, chego de supetão na cabine e vou direto ao ponto. Digo: "Pode ficar sossegado. Não vou dar queixa de você, Odair. Você sabe que se um morador faz uma reclamação dessas é demissão na certa. Mas eu sei que você tem motivo pra ficar com raiva, e não é só de mim. Estou disposto a fazer uma coisa: eu é que vou pedir desculpa pra você. Mas vou pedir dum jeito bem humilde, saca?". Odair passou do susto ao espanto. "Fica só entre nós, certo? Eu vou me ajoelhar pra você, vou me colocar debaixo do seu pé. Mas debaixo mesmo, com a boca, tá entendendo?" A beiçola dele se arreganhou numa espécie de risada misturada com careta de nojo, desprezo, alívio, desforra, pressentimento do gozo, tudo junto. Mas o que importa é que ele percebeu que eu queria compensar humilhação moral com humilhação oral. Antes que respondesse, deixei bem claro: "Amanhã você chega mais cedo e sobe direto pro meu apê. Sem tirar o tênis, certo? Quem vai tirar sou eu. E nada de passar desodorante no pé, hem? Aqueles produtos ardem muito na língua...". Minha risadinha terminou de descontrair o cara. No olho dele dava pra perceber que tinha entendido. Pude ver o brilho da vingança naquele olhar, Glauco!

— E ele foi?

— Que dúvida! Além de não ter escolha, estava era louco pra descontar o que tinha engolido. Quem ia engolir agora era eu, depois de lamber até que o suor secasse junto com a saliva. Chupei uma rola quase tão fedida quanto o pezão, mas acho que maior que o orgasmo dele foi o prazer psicológico de me ver no chão, agachado na frente da poltrona, da minha própria poltrona, enquanto ele se refestelava e nem se dava ao trabalho de desamarrar o tênis. O cadarço eu desatei com o dente, a biqueira eu abocanhei até descalçar cada pé, a meia eu tirei com a língua, com uma ajudi-

nha dos dedos na hora de soltar do calcanhar... mas o espetáculo do cheiro sendo absorvido era invisível, Glauco, só na imaginação dava pra notar aquela nuvem de fumaça se afunilando e sendo tragada pelo meu nariz, pela minha boca... como se fosse um ralo escoando uma banheira cheia de água podre...
— Que imagem, Nelo! Até parece que você é que é o poeta!
— Que nada! Nesse ponto sou eu que tenho motivo pra invejar você. Aposto que vai escrever um soneto contando a cena como se fosse acontecida com você.
— Talvez. Mas sempre faz mais efeito quando a gente conta a verdade, né?
Nelo não teve o que responder. Estávamos os dois de pau duro só de comentar o fato. Isso bastava pra dispensar qualquer argumento.

A semente semita

O soneto 118 me veio quando reencontrei o bruxo argentino Alessandro Melasor, que voltava a morar no Brasil após uma temporada em Turim, onde vivem seus pais. Na verdade Melasor não é argentino nem italiano, já que se considera um judeu errante. Além da cabala e outras especialidades ocultistas, cultiva a fotografia como arte e como "investimento", visto que, segundo ele, suas fotos podem ter boa cotação no mercado futuro. Fazia bom tempo que não nos falávamos. A última vez tinha sido lá pelos 80, nem me lembro o ano. O que lembro bem é das fotos que me mostrou, pois naquela ocasião eu enxergava o suficiente para gravar na memória qualquer cena de humilhação flagrada em detalhe. No caso, as fotos não foram tiradas por Alessandro, mas por um colega israelense chamado Samuel Kaptor, que as presenteara quando o bruxo o visitava em Jerusalém. Recordo o papo que tivemos enquanto eu estava sob o impacto daquelas fotos:

— Alê, eu nem acredito no que estou vendo! Não me diga que o Kaptor teve coragem de expor isso, e logo em Jerusalém!

— Nem todas. Esta e esta, por exemplo, não estavam na exposição. Esta aqui saiu na imprensa pelo mundo todo. Até a VEJA usou pra ilustrar uma matéria sobre prisioneiros palestinos torturados pela polícia israelense, mas o agente do Shin Bet só aparece do pé até o ombro. A revista corta a foto na altura do pescoço, pra não mostrar a cara dele rindo. Você chegou a ver?

— Eu até guardei aquela página no meu arquivo de recortes, a cena não ia me escapar. Mas você disse agente do quê?

— Shin Bet. É um serviço de segurança, uma espécie de polícia secreta. Você vê que o sujeito não usa farda, tá de roupa bem esportiva. A cara dele não é mostrada justamente pra que a identidade do agente ficasse preservada, mas também pra escapar do escândalo...

Na foto, um robusto rapaz à paisana posa orgulhosamente pisando no pescoço dum adolescente palestino prostrado, cujo rosto está voltado para a câmera. Percebe-se, pela cara de medo e pela posição da cabeça, que a vítima recebe ordens, mandada olhar para cá ou para lá, ficar nesta ou naquela posição, enquanto o pé do policial a subjuga e a máquina vai registrando. A mão do moleque tenta impedir que o enorme tênis pressione seu rosto, mas nas demais fotos a sola cobre-lhe a boca, deixando aparecer apenas os olhos assustados, ou então, noutro flagrante, a boca só é focada quando a língua se projeta para fora, forçada a lamber o tênis agressor.

— Isso deve ter aumentado a revolta dos palestinos, hem Alê? Como é que o Kaptor se posiciona nesse conflito?

— Ele não tá nem aí. Você não leu na VEJA o que ele falou? "Se você quer viver seguro dominando um milhão e meio de árabes, alguém tem que fazer o serviço sujo", alguma coisa assim. Esse negócio já vem fedendo e não é de agora. Pros palestinos o Shin Bet é uma verdadeira Gestapo, essas fotos são só um detalhe da orientação que os agentes recebem. Eles sempre põem o pé na cara de quem é pego nesses patrulhamentos noturnos.

— Como assim? As instruções são pra pisar de propósito? Quem foi que disse?

— O Samuel. O agente que posava contou pra ele. Acontece que na cultura islâmica a sola ofende muito mais que na nossa. Até sentar mostrando a sola do sapato é um gesto ofensivo, quanto mais pisar na cara de alguém!
— Mas por que os israelenses têm interesse em humilhar tanto? Isso não serve só pra agravar o ódio?
— Ah, mas e a demonstração de força? E o efeito psicológico? Imagine a vergonha desses palestinos depois de serem pisados, e imagine o medo de quem ainda não foi pisado...
— Então ser fotografado é a vergonha das vergonhas! Foi bem cruel o Kaptor nessa sessão, hem Alê? O moleque ficou sem saber onde enfiar a cara, agora que o mundo inteiro ficou sabendo onde teve que enfiar...
— O Samuel se diverte à beça, e ainda por cima fatura com as fotos. Até já comentei com ele aquela profecia do Isaías sobre o domínio de Israel... mas ele acha aquilo tudo um sarro, diz que não leva a sério.
— Qual profecia? Aquela que localizei no Velho Testamento?
— Isso. Onde foi mesmo?
— Isaías, capítulo 49, versículo 23. Li tantas vezes que até decorei: "... Reis serão os teus aios, e rainhas as tuas amas; diante de ti se inclinarão com o rosto em terra e lamberão o pó dos teus pés...". Não sei das versões hebraicas, mas acho que entram em mais pormenores...
— Pode apostar. Sabe, Glauco, acho que eu e o Samuel somos daqueles poucos judeus que não gostam de ficar posando de coitadinhos da humanidade, de perseguidos, de escapos do genocídio... Pra mim a vocação do judeu é de dominar mesmo, e não tem conversa. Entre nós se assume isso e se pratica, mas em público a maioria finge que se preocupa com a igualdade racial, com os direitos humanos e tal. Eu não preciso salvar as aparências, meu negócio é

desvendar os poderes ocultos, você me conhece, Glauco. E nesse campo não tem demagogia, os iluminados são os reis que têm um olho e estão por cima da ralé cega, você sabe.

— Se sei! O sadomasoquismo pode ser um jogo de livre arbítrio e mútuo consentimento, onde cabe até a troca de papéis, mas diante dum judeu não resta qualquer dúvida: quando foi ele a vítima, estava no papel errado; quando for ele o carrasco, sempre vai estar no seu verdadeiro papel. Pogrom, Holocausto, Intifada, é tudo acidente de percurso — desastre de percurso, pra ser mais exato. Mas a profecia de Isaías é a correção da rota, o rumo certo, o destino final e fatal.

— Você reconhece isso porque é um masoca incorrigível, Glauco, mas não dá pra comentar abertamente a coisa, já que a humanidade não tá preparada pra se conformar sem escândalo, nem a cultura judaica pra se aproveitar sem escrúpulo. Isso leva tempo. Mas por falar nesse seu masoquismo, você já chegou a cumprir a profecia, Glauco?

— Só uma vez. Lambi o pó do pé dum judeu, se é isso que você pergunta.

— E como foi?

— Era um colega de trabalho. Funcionário novo na tesouraria, sem experiência. Fui encarregado de passar o serviço pra ele e supervisionar até que pegasse prática. Ele chegava a suar de nervoso quando contava dinheiro vivo e fazia somas na calculadora. No fim do expediente, quando o saldo batia, virava pra mim com aquele olho azulíssimo brilhando e abria um sorrisão de alívio, quase babando de gosto. Antes de completar uma semana, o fechamento dele deu diferença. Não era o maior dos desfalques, mas, pra quem ainda nem recebeu o primeiro salário, dói na carteira. Que fiz eu? Cobri do meu bolso e disse a ele que não tivesse pressa em me pagar. Claro que ele nunca mais tocou no assunto, até que, meses depois, perguntei se as contas estavam batendo. Ele me olhou feio e desconversei, convidando prum jantar na cantina mais próxima. Por minha conta, lógico. Entre a salada e a massa, levantamos os copos e fiz um brinde ao futuro dele, ao sucesso no emprego e ao azul da conta bancária. Aí falei:

"Um dia você vai ser meu patrão, Nata, e pra mim vai ser uma honra se eu puder engraxar seu sapato..."

"Ah, Glauco, quando eu contratar você não vai ser pra isso..."

"Eu sei. Pra isso eu nem tenho que ser pago. Faço por obrigação, né?"

"Você é que tá dizendo. Obrigação por quê?"

"Porque não sou judeu."

"Não topo brincadeira com essas coisas, Glauco. Se você é gay não pode ser racista..."

"E se você não é gay pode se dar ao luxo de ser racista, Nata. Só que o inferior aqui sou eu, pra que negar?"

"Eu me considero seu amigo, só isso. Mas se você quiser se humilhar o problema é seu."

"Você não teria coragem de me humilhar?"

"Não só teria coragem como não teria culpa. Já humilhei outros viados, mas não eram amigos."

"E se eu dissesse que sonho com isso?"

"Nesse caso vai ter sua chance de provar que sabe ficar por baixo."

— E o Natanael abriu aquele sorrisão baboso de menino mimado, tão doce, tão magnético, que até disfarçava o narigão e desviava por um momento a atração que o azul dos olhos dele causava na gente. Dali fomos pro meu apê e brindamos de novo, desta vez a todo o povo judeu espalhado pelo mundo. Depois ele se recostou no sofá, meio tonto pelo vinho e pelo licor, e ficou olhando com aquele olhão azul enquanto eu me sentava no tapete, segurava a perna dele e apoiava seu sapato no meu joelho, bem na altura da boca. Deixei que ele apreciasse a engraxada e fiquei lustrando o couro com a língua, sem pressa, abrindo os olhos de vez em quando pra conferir a expressão dele, o sorriso, o azul brilhando. Um êxtase que permaneceu nos lábios e nas pupilas do Natanael o tempo todo, até depois que eu já tinha engolido a porra que fluía daquela glande tão bem circuncidada. Enquanto passava a língua na volta toda, sentindo a pele lisinha como se o prepúcio nunca tivesse existido, não pude deixar de me comparar e me desmerecer. Até minha circuncisão não tinha uma tal perfeição, meu pau trazia a cicatriz irregular da cirurgia apressada, feita junto com uma operação de varicocele, pra aproveitar a anestesia... Quando ele se despedia, ainda achei palavras pra dizer que sua porra era mais preciosa que o licor ou o vinho, já que a chance de repetir a dose seria mínima.

"Nem tanto, Glauco, se você não for insistente. Deixa que eu decido quando vou querer, e você vai ter outras oportunidades, certo?"

"Como você quiser... patrão."

Ele arreganhou o sorrisão. Ser chamado a sério de "patrão" era um sonho que muito breve se realizaria na vida do Natanael. O meu já estava realizado. Por um momento, fiquei no lucro. Ao contabilizar esse balanço no papo com Alessandro, ganhei também um sorrisão do bruxo:

— Se você fosse judeu, Glauco, os sábios de Sião que se cuidassem! Teriam que lhe pedir licença...

E caímos os dois na gargalhada.

O quichute do quichua

O soneto 926 me veio depois que peguei o Nelo de veneta e cobrei dele o caso que me pisa no calo desde criança: saber se mais alguém sente atração por um pé chato igual àquele do moleque que abusara de mim quando eu tinha meus nove anos e a turminha dele uns onze. Não um mero pé chato, claro, mas um daquele tipo espalhado, cujo dedão é bem separado do segundo artelho, e bem mais curto. Já vi tal formato sendo chamado de "grego" ou de "egípcio", mas o rótulo se refere ao menor comprimento do dedão, não necessariamente ao arco caído. Os podólogos, podiatras e ortopedistas ainda me devem uma nomenclatura que enquadre especificamente a chatura combinada com o dedão anão e o largo vão. Mas se venho procurando um pé desses desde que fui seviciado por aquele pivete, mais curioso fico em descobrir se outros podólatras tiveram mais chance que eu de cruzar com algo tão raro na anatomia do brasileiro. Dizem que os anglo-saxões são mais propensos a ter pés assim, mas meu contato é com os podólatras daqui, dos quais Nelo é sem dúvida o mais experiente e — por que não dizer? — calejado.

— Ah, Glauco, você sabe muito bem que pé chato não é "my cup of tea", como diriam lá na Inglaterra. Mas já pensei no seu caso. Não é a primeira vez que você me pergunta. Eu já não lhe contei a respeito daquele peruano?

— Peruano? Você me disse uma vez que tinha "feito" um pé como eu quero, mas só falou por alto, ficou devendo a história. Não falou de peruano nenhum, mas agora não me escapa.

— Deixe eu ver... São tantos casos... Ah, é verdade, foi um lance bem do seu gosto, Glauco. Enquanto for contando vou me lembrando... Isso já tem uns oito anos, foi quando eu morava no Bixiga. Bem atrás do meu prédio ficava um cortição que dava pra rua de baixo. Meu apê era no segundo andar e da janela dava pra ver e ouvir tudo que rolasse no quintal do cortiço. Toda hora tinha marmanjo aproveitando o sol pra se esticar, mostrando a solona descalça. Muitas punhetas matinais eu toquei assim, lambendo de longe aqueles pezões desocupados e desperdiçados...

— Tinha muito pé chato?

— Você tem razão, Glauco, de dizer que brasileiro não costuma ter pé chato. Meu olho é clínico e de longe pego os detalhes. Quase sempre o pé da rapaziada era arqueado e o dedão mais comprido que os outros dedos, mais "batatudo". Já os pés grandões, do jeito que eu gosto, sempre apareciam, ainda que pé grande também não seja o forte do brasileiro.

— Tamanho também é documento, bem lembrado. Gilberto Freyre que o diga. Ele foi quem mais estudou nosso pé pequeno...

— Mas não fez a pesquisa de campo que nem nós, né Glauco? Por falar em sociologia, é aqui que entra o peruano. Ele me chamou a atenção, antes que eu visse seu pé, por causa do papo que levava com outro malaco, bem na hora em que cheguei na janela. Estavam os dois sentados no pátio, de frente pra mim, de modo que tive que me esconder atrás da cortina. Mesmo assim deu pra escutar tudo direitinho. Ou eles se achavam impunes ou eram muito desligados, já que deviam ter mais cuidado pra comentar aquelas coisas...

— Que coisas?

— Roubo de carro. Ele e o outro eram dum bando especializado em arrombar qualquer coisa estacionada e repassar pros desmanches. Pois não é que o peruano me viu espiando?

— Mas você não tinha se protegido?

— Sim, mas quando eles se calaram pensei que tinham ido pra dentro e apareci na janela. Dei com ele me olhando direto, enquanto o outro já ia saindo. Nunca esqueço aquela cara de índio me secando, aquele cabelo preto escorrido, a pele morenona, a boca de sapo e o olho meio puxado. A franja até dava um ar de moleque, mas o rosto maltratado e raivoso mostrava que o cara tinha perdido a meninice antes do tempo. Sorrir pra ele só fez que me encarasse com mais desconfiança. Vi que não ia dar aproximação e saí da janela. Mais tarde, quando voltei a me debruçar pra regar as plantas, o quintal tava ocupado pela molecada mais descontraída. Esqueci do índio, passaram uns dias, e de repente cruzo com ele na calçada. O cara vinha na minha direção, meio mancando, parou, como quem estivesse na dúvida se me reconhecia, mas me traí quando sorri de novo, automaticamente. Aí ele chegou perto e fez que me conhecia.

"Olá! 'Todo' bem?" (Ainda tinha um pouco de sotaque.)

"Tudo bem, vizinho, meu nome é Nelo, e o seu?" (Estendi a mão e ele apertou, sempre na defensiva.)

"Pablo. Você mora nesse edifício aí?"

"Isso mesmo. Vi você da janela, lembra?"

"Sim. Me 'escuchó' também, não?"

"Escutei, mas nem prestei atenção. O que eu queria era olhar..." (Ele percebeu que eu não tirava o olho do seu pé. Calçava botina de elástico, já deformada de tanto bater. Parece que tinha o pé largo demais, porque o couro tava torto pros lados, ainda que o tamanho fosse bastante pra caber um quarenta e quatro folgado no comprimento.)

"Melhor pra você não ter 'escuchado'. Mas... que é que olhava?"
"Agora estou vendo mais de perto. Acho que você tá precisando de sapato novo. Quer ganhar um par de tênis?"
"Por quê? Você tem sobrando? Mas não calça meu número..." (Pelo jeito ele também reparava no detalhe, apesar de que qualquer um perceberia que meu pé era bem menor.)
"Não, eu compro um novinho pra você, que tal? Em troca só quero uma coisa."
"Já sei, você gosta dum 'carajo', não gosta?" (A boca de sapo se abriu num riso sacana, mostrando a dentuça falhada e manchada de fumo.)
"Se for na boca, gosto. Mas o que mais quero é sua botina. Troca por uma nova, ou prefere tênis?"
— Ele fez cara de quem começava a entender. Pra ter certeza provocou:
"Vai ter que tirar você mesmo. Tem coragem?"
"Tenho até pra aguentar as consequências, no nariz e na boca. E você, já experimentou essa coceguinha?"
"No pé nunca. Mas você faz aqui também, senão nada feito." (Deu uma coçada na braguilha da calça de jeans.)
"Fechado. Garanto que você não vai esquecer da minha boca, Pablo."
— Toda a conversa rolou ali, quase na entrada do meu prédio. Marcamos a hora e no fim da tarde ele tocava o interfone. Era daqueles prédios sem porteiro, bastava comandar de dentro e a porta da rua destrancava sozinha.
— Você não achou arriscado abrir sua porta prum ladrão?
— Claro. Mas era um risco calculado. Só questão de cumplicidade, Glauco. Ele chegou trazendo alguma coisa numa sacola de supermercado e foi logo perguntando o que é que eu tinha escutado, e fui logo respondendo:

"Olha, Pablo, eu sei que você é puxador, mas não tenho nada com isso. Se você não estranha meu vício, eu não estranho seu negócio, e tamos conversados."

— Ele repuxou a boca de sapo e, vendo que eu reparava na sacola, tirou de dentro um par de chuteiras e explicou que, sem a botina, só sobrava aquilo pra calçar até que ganhasse o pisante novo. Aproveitou pra dizer que preferia levar a grana e comprar ele mesmo, no que concordei. A partir daí foi só hora do recreio. Acomodei o mestiço naquela poltrona capitonada que faz conjunto com a banqueta, uma que você já experimentou lá em casa, e avisei que o ritual levava um tempo, até que eu tivesse curtido todo o cheiro e saboreado todo o gosto. Ele não dizia nada, só entortava o beiço pra mostrar a dentuça banguela. Escarrapachou as pernas na banqueta, cada pé numa beirada, e comecei pelo esquerdo. A botina custou a sair, porque a meia tava grudada pelo suor. Glauco, você ia delirar com o chulezinho! Parecia uma lata de lixo destampada. Pablo usava meia de futebol, toda furada, que lembrava um trapo de chão. Descolei aquilo com a língua, depois de puxar com a mão, bem devagar, da canela até o calcanhar. Só então percebi por que ele mancava: o pezão era largo demais pra fôrma da bota, o calo e a unha encravada tinham virado parte da anatomia. Ah, precisava ver a cara de deleite dele enquanto eu dava um trato naqueles pontos doloridos! A sola também tava cheia de malacas, mas nunca vi uma tábua de bater carne tão plana como aquilo... Minha língua parecia uma esponja, esfregando pra lá e pra cá, até remover a camada toda de umidade e a crosta de sujeira. Banho é o termo certo pro que dei naquele pé, principalmente no meio dos dedos. Acho que o dedão tinha uns dois centímetros a menos que o "fura-bolo", era do jeito que você fantasia, Glauco. Claro que deixei aquele "mata-piolho" pra ser chupado por último, assim que a frieira do mindinho e as geleias de cada vão estivessem bem "higienizadas"...

e quando meti na boca até achei que o dedão não era tão grande pro tamanho do pé. A explicação era aquela mesma: curto demais, diferente das batatonas que estou acostumado a mamar. E por falar em mamada, será que preciso entrar no departamento dos cheiros e queijos de pica?

— Não, Nelo, nem faço questão. Só quero ficar viajando nessa lancha, me mordendo de inveja...

— Então só falta falar um pouco da chuteira que Pablo tinha trazido. Era bem detonada, também, já que ele usava desde quando chegou no Brasil, sonhando ser jogador. Com aquele pé de pato, logo viu que a carreira esportiva tava fora de cogitação, mas a chuteira ficou guardada. Toda preta, lembrava aquelas de sola de borracha que a gente conhecia como "quichute", lembra?

— E como! Eu vivia lambendo com os olhos as dos moleques que brincavam no campinho perto de casa... Mas essa é outra história. E as botinas do Pablo? Foram bem aproveitadas?

— Renderam pra mais de mês de punheta, daquele jeito que mais curto: uma no pau e outra na boca. Depois perderam o cheiro, o sinal de vida, e também a graça. Foram direto pro lixo, onde já deviam estar faz tempo. As meias também. Dei ao Pablo um par das minhas, fiquei com aquele meião pra ir cafungando nele durante as punhetas, mas a essência logo se evaporou, que nem alegria de pobre...

— Nelo, se você encontrar de novo com o Pablo, tem que me fazer um favor...

— Nem precisa dizer. Claro que eu recomendaria seus préstimos. Mas vai ser difícil, tanto tempo depois que me mudei. Nem imagino se o cara ainda tá no Brasil, nem se tá vivo. Calcule, Glauco, essa malandragem é muito nômade, só tem endereço fixo quando passa uma temporada na cadeia...

— Eu sei, só estou devaneando. Não é proibido torcer, né?

— Só não dá pra torcer pelo Pablo vestindo camisa dalgum time.

— Dá sim, desde que eu fosse o massagista...

Nelo fez bilu-teteia na minha bochecha e recomendou que eu chupasse meu próprio polegar. Da mão, bem entendido.

Lição de casa

Um soneto como aquele "Escarmentado" (1002) me veio após uma visita de Carlos Carneiro Lobo, a quem costumo mostrar na estante os títulos que mais frequentemente me inspiram, pedindo-lhe que mos releia nas páginas assinaladas com apontamentos à margem. Compulsávamos os volumes da série que Winston Leyland editara na Gay Sunshine Press sob títulos variados mas mantendo o subtítulo de TRUE HOMOSEXUAL EXPERIENCES, nos quais foram recolhidos os depoimentos e as entrevistas que saíam no magazine STH (STRAIGHT TO HELL), de Boyd McDonald. O que estava em pauta era justamente a autenticidade de tais relatos. O fidedigno contista de *Histórias naturais* e de *Geografias humanas* era cauteloso:

— Não sei, Glauco, é complicado separar o que seriam confissões íntimas e o que não passaria de fantasia masturbatória.

— Mesmo assim, parto do princípio de que a mera probabilidade de ser verossímil tudo que é verídico (e vice-versa) já basta pra que toda punheta seja satisfatória a partir dessas leituras.

— Nesse ponto não tenho o que discordar. Mas o estoque de perversões é tão variado (ou tão repetitivo, dependendo do ponto de vista) que até o leitor experiente pode ficar meio perdido quando se trata de distinguir a parcela mais óbvia das histórias fantasiosas.

— Ah, mas dá pra pegar quando a coisa é meio forçada... Quer ver? Confira aí no primeiro volume aquele depoimento do podólatra lambedor de tênis. Um que tá marcado em vermelho.

Carlos foi folheando até achar. Leu em voz alta e num tom afetado de locutor comercial: "Here is my true story of when I attended a mid-Texas university and was a sneaker slave to a basketball player. In my last year at the university I was fortunate enough to have as a roommate a tall basketball jock. At first I was afraid to approach him but finally told him I 'loved' his big Converse sneakers. After some small talk I asked him if I could tongue wash his sneaks. He said, 'Get to it freak.' He stretched out on a chair while I got on my belly and cleaned his big size 14s clean. He was not much of a basketball player, had average looks but big feet. I of course cleaned his sneakers anytime after that. His friend was in the R.O.T.C. and brought his boots and shoes to me to be spit shined every 2 weeks. This guy was all military & demanded nothing but the best. Often he told me they were not done good enough and I had to spend many long hours servicing his boots & shoes. I of course did without a whimper. They did not ask for any sex, except two times, when they came in the room a bit tipsy & the military guy ordered me to 'blow me you fag', while the basketball jock would jack off. I really miss that place. I still have a pair of his size 14 sneakers which I begged him to give me before I left school. Since then I have had to lick hustlers' sneakers". (85)

— Reparou, Carlos, que tudo parece fiel aos fatos? E por quê? Porque nem tudo corre como o depoente quer, e tudo ocorre no máximo a três. Uma das pistas pra detectar se o cara exagera ou inventa é a quantidade de personagens ou de orgasmos. Muita gente ou muito gozo já dá pra desconfiar, ainda que o caso em si tenha fundamento. Agora leia um que não me convence muito. Aquele que tem um cartão marcando a página, a história do professor que foi vendido como escravo.

Carlos recolocou uma brochura na estante, pegou outra, abriu, pigarreou, imprimiu mais comicidade ao timbre metálico dum narrador de radionovela e leu: "Two rough-looking H/D riders saw me standing in the station and offered me a ride. I was roared down the highway to a garage-like stable, stripped, blindfolded with a rubber section over which a gas mask was placed with a tube going into my mouth. My hands were chained to beams overhead, and I was whipped with belts on my back and butt and felt liquid pouring down the nozzle into my mouth. I realized it was piss and voices told me many more bikers were now present. Leather and chains with weights were attached to my sex parts, and I felt hands pulling the hair under my arms, around my cock and rectum. Then an intense tingling heat made me realize my hair was being burned off. Several times my legs was raised, and I was fucked. I must have had several quarts of beer piss forced into my mouth. A sharp pain shot through my ears as they were pierced and rings inserted. My tits were pierced and rings put in and thumb tacks studded my ass prior to intense beating with studded belts. I awakened next morning to find a fine looking boy ready to take me to L.A. on his H/D. Only later did I see the words MALE and WHORE on each side of my butt. When he dropped me off, he said, 'We know your name, address and employer, and we have pictures of last night, so don't try anything ever against us'. The brand gradually wore away and my tits healed. From time to time I am sold for sex by one or the other of the several who send someone through town. An odd experience for a Phi Beta Kappa who had planned to be a priest and is a sedate college professor! But I am advertised by these guys as a supreme peace of ass. At least six have sold me at times. One has made over $1,000 on me. For a full professor to be sold to anyone at any time is degrading, yet exciting".

— Então, Carlos, sentiu a diferença? Mesmo sabendo que os americanos levam a sério a cena sadomasoquista e que as gangues de motoqueiros têm seus rituais de orgia, fica difícil acreditar que um professor universitário saído dum ambiente tão conservador se preste a tal papel. Sem falar que ele não perde a chance de lembrar que o motoqueiro era bem-apessoado, pra não dizer um gatão. Ora, ao menos confessasse que os caras eram todos feios, sujos e malvados! Quem sabe assim a coisa pareceria mais plausível, hem?

— Você tá observando bem, Glauco, mas o fato em si não é tão absurdo, não. Aqui mesmo sei dum caso parecido.

— De motoqueiros raptando um professor? Onde?

— Não de motoqueiros, mas dum professor que foi sequestrado pela gangue dum ex-aluno. Não lhe conto em detalhe porque quem sabe de tudo é o cara que me falou disso por alto. Se quiser ponho você em contato com ele.

Claro que eu quis, mas o contato foi só por fone. Recomendado pelo contista, meu nome foi digno da confiança de Jorjão, hoje pai de família, que na adolescência tinha participado da gangue. Aos poucos o sujeito foi se abrindo e logo se imbuiu do meu espírito lúdico e cínico no trato desses assuntos submundanos. Digamos que a história pudesse ser desfiada numa única ligação e façamos de conta que o papo tenha rolado assim:

— Você tava no grupo desde o começo?

— Isso. Primeiro era só o Davidinho, o irmão dele, Damião, e mais dois caras, o Cavalão e o Bugre, mas quando deram o nome de SATANAZI eu já tinha entrado junto com mais uns cinco.

— Todos da mesma escola?

— Não, uns eram ex-alunos, outros nem tavam estudando.

— Quem tinha ideias mais satânicas? Quem era nazista?

— Tudo era da cabeça do Davidinho. A gente até brincava que ele é que devia ter o nome do irmão: Damião. Por causa do Da-

mien, aquele filho do Diabo no filme A *profecia*, saca? Mas o Damião acabou saindo logo da turma, porque não tava a fim de barbarizar nem de vandalizar. Acabou entrando pra aeronáutica, agora deve ser piloto. Já o David foi parar lá pras bandas da fronteira paraguaia, acho que entrou pra pistolagem. Ele sempre foi maluco e revoltado, com mania de vingança. Tudo pra ele era acerto de conta, desforra, lei de Talião, essas coisas. Ele queria rir por último em tudo e ainda comprar a briga dos outros. Sempre se achou um justiceiro, mas a lei dele era a crueldade, não tinha nada de positivo.
— E por que você acha que ele ficou assim?
— Sei lá, vai ver que é porque ele era mais raquítico que a gente. O que tinha de miúdo tinha de ruim. Parece que apanhou bastante quando era criança, em casa e na escola. Naquela época era meio bobinho, todo mundo pensava que era marica. Até ganhou apelido de "Daviadinho". Tinha que aguentar gozação e pancada, porque ninguém aceitava o cara em nenhuma turma e ele não podia se defender sozinho. Acho que dar o cu ele não deu, porque no fundo ele não tinha tendência pra ser bicha, saca? Só era mesmo zoado, ninguém deixava em paz um pirralho daquele. Se reagia, apanhava porque reagia; se não ligava, apanhava pra se ligar. Só conseguia trégua quando desenhava pros colegas.
— Desenhava? Pra quê?
— Aula de educação artística. Ele tinha que fazer o trabalho dos outros pra ser poupado. Era o único que tinha queda pra essas coisas, mas depois deixou pra lá porque não achou incentivo. Quando passou dos dez e mudou de escola, começou a ficar mais esperto e já liderava uma turminha da pesada. Percebeu que tinha inteligência pra mais arte que a do desenho, saca? Juntou uns caras mais troncudos e mais burros que ele e passou a infernizar só com a influência que tinha. Qualquer coisinha, e ele mandava os capangas

fazerem um "servicinho" nos inimigos. A partir daí começou a bolar o grupo de sadistas e a escolher as vítimas.

— Você se considerava menos inteligente que o Davidinho?

— Não, Glauco, eu não era só músculo, não, nem os outros membros do SATANAZI, mas quem tinha as ideias primeiro e quem pensava em tudo era ele. Impossível querer discutir com ele a respeito de métodos de tortura, de atrocidades de guerra, de crimes hediondos ou de taras esquisitas. Ele já tinha lido tudo que se podia achar em livro, jornal, filme, gibi...

— E quem eram as vítimas? Que acontecia com elas?

— Quase sempre alguém das outras turmas. Mas também tinha algum namorado novo duma menina que dispensou colega nosso, ou algum irmão que tentasse proteger a irmã caso ela fosse currada pelo grupo ou escolhida como garota dum de nós. O único adulto bem mais velho que ficou cativo nosso foi mesmo o professor Haroldo. Os moleques a gente segurava só umas horas e torturava, mas o Haroldo ficou em nosso poder a noite inteira e depois mais vezes.

— Como eram as torturas?

— Ah, a gente sempre amarrava. O Davidinho tinha verdadeira fascinação por corda e corrente. Descolou até algema e mordaça. A gente campanava a vítima até tocaiar sozinha no caminho. A área era muito descampada, como toda periferia braba. Levávamos o cara pruma fábrica abandonada na beira do rio, onde o capim era tão alto que, além de nós, ninguém chegava perto, só de medo das aranhas. Aliás, a gente usava até as aranhas na tortura. Tinha que ver, Glauco, que delícia assistir o desespero do moleque amarrado quando sentia aquelas bichonas peludas e pernudas andando no corpo pelado e amarrado! Usávamos também cobra, centopeia... e teve neguinho que saiu picado, precisando de socorro e de antídoto...

— Mas e as torturas sexuais? Rolava muita coisa?

— Só! Chupar rola e ser enrabado era rotina. Melhor ainda quando o cara era obrigado a beber mijo e comer merda. O Davidinho fazia questão de "cantar o jogo" antes, durante e depois, escolhendo quem ia cagar na boca de quem. Ficava assistindo e dando as instruções. Só no caso do professor fez questão de fazer tudo pessoalmente.

— Que foi que o sujeito fez pra merecer esse tratamento privilegiado do Davidinho?

— Reprovou o cara. Só isso. Ele dava aula de matemática, e o Davidinho odiava matemática. Haroldo quis bancar o durão e não deu colher de chá pra ninguém da classe. Corria a fama de que naquela sala estavam os piores elementos do colégio e o Haroldo achou que ia dar exemplo de disciplina só porque controlava as notas duma matéria difícil... Coitado, não sabia com quem tava mexendo! A vingança foi tramada com bastante antecedência, porque nosso grupo nem tava formado ainda. Só dali a dois anos foi que conseguimos armar uma cilada pro Haroldo e capturar o bichão. Foi assim: Davidinho descobriu que o sacana tava a fim duma aluna. Era uma menina mais velha que as outras, mais atrasada no curso, mas muito gostosa. Haroldo facilitava as coisas pra ela. Tudo não ia passar dum casinho de proteção e de cama se a gente não entrasse no meio. Enquadramos a Gisela e ela não teve escolha: ou nos ajudava a castigar o Haroldo, ou a currada seria ela. Pra falar a verdade até que ela já tinha passado pela cama do Davidinho, mas alguma coisa não encaixou, o negócio não foi pra frente, e isso só aumentava o gostinho dele em dar um corretivo no Haroldo. Assim, quando o professor achou que a Gisela caía na rede, era ele quem caía na nossa. Gisela aceitou passar um feriadão com ele mas sugeriu uma casa de praia que era da tia dela e vivia fechada. Desceram pra Mongaguá no carro dele e, quando chegaram, nós já estávamos na casa. Haroldo nem teve tempo de desconfiar. A casa era meio afastada, sem movimento por perto, e ficamos bem quietos lá dentro até que os dois entrassem. Só quando o Haroldo viu meu trezoitão é que entendeu tudo, mas aí já era tarde. Levado pro quarto, foi amarrado e jogado num colchonete no chão. A gente já tava comemorando a cara de pavor dele quando o Davidinho pegou todo mundo de surpresa dizendo que "Agora é só eu e ele. Vocês vão dar um rolê por aí e voltam daqui a duas horas. Depois eu deixo quem quiser tirar uma casquinha dele". Fiquei só eu na sala, montando guarda, e a turma saiu com a Gisela na perua do Haroldo. Dali escutei a voz do Davidinho dando ordens pro Haroldo e rindo. Haroldo nem falava, porque a primeira ordem foi manter bico calado pra não apanhar ainda mais. Davidinho não quis amordaçar porque "precisava da boca dele livre pra trabalhar". Haroldo só ficou escutando e obedecendo: "E aí, véio? Meu pé tá pesado? Cala a boca, não mandei responder! E não quero grito! Tem que aguentar quieto, senão não sai daqui vivo! Não vira a cara, olha bem pro meu pé! Tá doendo? Beleza, assim que eu quero! Agora beija! Eu chuto e você beija, isso! Agora lambe! Anda, passa essa língua na sola! Não tá vendo como esse tênis tá sujo? Trata de limpar! Agora chupa o bico! Engole tudo, que meu pé cabe na sua boca!". Dali a pouco dava pra ouvir o Haroldo engasgando com o mijo do Davidinho. "Tem que engolir! Se cuspir apanha! Agora vai passando a língua na cabeça! Até limpar tudo! Isso... isso... Babaca! Quem pensa que é, o gostosão do pedaço? Sente o gosto da rola! Chupa fundo! E aí? Acha pequeno agora? Quero ver achar pequeno agora!" Parecia que o Davidinho tava montado na cara dele, porque o cara só resmungava abafado. Davidinho gozava dando gargalhada, era um cacoete dele. Riu à beça, depois foi aquele silêncio e a voz do Davidinho falava mais baixo: "Isso, limpa bem! Hoje o papel higiênico tava no fim e não deu pra limpar tudo... Você completa o serviço, vai! Mais fundo!

Mexe essa língua, porra! Aí, agora senti firmeza!'". Mais um tempo, e Haroldo gemia de novo. Estalavam uns tapas, umas soladas, e os gemidos paravam. Quando Davidinho abriu a porta e me deixou ver o Haroldo, o corpo dele tava todo marcado, queimado com ponta de cigarro, arranhado pela areia do tênis, fedendo de mijo. Dava vontade de cuspir de nojo. Cuspi bem na cara dele. "Faz que nem eu", disse o Davidinho, "escarra dentro da boca e manda engolir!" Quando os outros voltaram, eu e Davidinho lanchávamos na cozinha e o Haroldo estava amordaçado no quarto, todo mijado e machucado. Risada geral, até da Gisela, e tome mais porrada. Passamos o resto da tarde e da noite assim, entre a praia e a casa, entre foder a Gisela e zoar o Haroldo. Na manhã seguinte subimos a serra e deixamos o cara lá, só meio amarrado. Ficou avisado pra nem pensar em entregar a gente, senão a próxima sessão teria um cadáver amarrado e mijado em vez dum professor de matemática vivo e saudável, pronto pra outra. Se o cara aproveitou a lição, não sei. Só sei que, passado um tempo, cruzou com o Davidinho, que riu na cara dele e falou: "E aí, véio? Tá com saudade do gostinho? Da próxima vez minha sola vai estar menos suja, tá legal? Vou lhe dar um refresco. Como você não deu queixa e ficou na sua, daqui pra frente vai apanhar menos e vai sair um pouco mais limpo. Que tal? Não acha que sou bonzinho?". David me contou que o sangue subiu na cara do Haroldo, mas mesmo vermelho de vergonha e raiva ele não disse um "a", nem reagiu quando, uma semana depois, Davidinho e eu esperamos no portão do colégio até que ele saísse. Teve que nos acompanhar, de "livre e espontânea vontade", até a quadra coberta onde os alunos praticavam esporte. Naquela hora da noite quase ninguém ficava por lá, e Davidinho pôde se trancar com Haroldo no vestiário enquanto eu e o Bugre dávamos cobertura do lado de fora. Davidinho contou que dessa vez Haroldo tava bem mais manso e "colaborou" em tudo, recebendo o castigo sem estrebuchar nem resmungar. Acho que foi justamente por isso, pelo conformismo do Haroldo, que Davidinho perdeu o gosto em castigar depois da terceira ou quarta sessão. Sorte do professor, que recuperou aquele seu pique pra dar as aulas. A alunada já vinha notando que o Haroldão andava meio abatido, parecia adoentado, mas logo sentiram que "sarou" e voltou à antiga forma, durão como sempre. Pelo jeito, todo mundo ficou mais calejado com aquele exercício de humildade, hem, Glauco? Até o Davidinho dava impressão de estar menos revoltado, mais tolerante com todo mundo... Engraçado, né?

— Olha, Jorjão, você tocou num ponto bem curioso. Por que será que o ser humano gosta de se comparar pra ver quem sofre menos ou quem goza mais? Parece que o gozo não funciona sozinho, só quando leva vantagem em cima da concorrência, não acha?

— Pois é, Glaucão, e se não fosse assim o grupo SATANAZI nem teria existido...

Canil estudantil

Sonetos como aqueles, "Amestrado", "Doutrinado" e "Domesticado" (647 a 649) me vieram na época em que o contista Carlos Carneiro Lobo relia em voz alta, durante suas semanais visitas, trechos das TRUE HOMOSEXUAL EXPERIENCES editadas por Winston Leyland na Gay Sunshine Press, reaproveitando o material recolhido pelo fanzineiro Boyd McDonald entre os leitores de seu zine *STRAIGHT TO HELL*. Quando as sessões de leitura chegaram ao volume que contém depoimentos sobre trote de calouros nas universidades norte-americanas, lembrei que já os tinha transcrito no ensaio histórico "O calvário dos carecas". Dois daqueles relatos detiveram a atenção do autor de *Histórias naturais* e de *Geografias humanas*:

— Você reparou, Glauco, como os casos americanos parecem bem mais fortes que os brasileiros incluídos no seu livro? Estes dois contam coisas que só são parecidas com o que acontece em Piracicaba, mas você quase não fala da Luiz de Queiroz...

— Não falo porque não consegui os detalhes. Eu sabia que na ESALQ a calourada era troteada com mais que em qualquer outra faculdade, mas ninguém atendeu quando contatei as repúblicas pedindo depoimentos...

— Dá pra entender: ninguém quer se expor. Mas posso lhe garantir que as repúblicas da ESALQ são o cenário mais parecido com o duma "fraternity" americana. O mesmo ambiente de maçonaria, os mesmos rituais secretos, e ao mesmo tempo aquele clima de farra, de orgia, típico da molecada universitária que não leva a sério essas formalidades.

— Você soube de algum caso igual aos americanos?
— Sei de um que me lembra estes aqui...
— Quais? Não quer reler?
— Tem este do gay enrustido que entrou pruma confraria só pra poder ser currado sem se comprometer:

"In 1965, I desperately wanted to join a college fraternity just for the opportunity to be disciplined, humiliated and put through 'Hell Week.' My interest in bondage/discipline as well as my homosexual interests could both be explored without appearing to be gay. I had heared lurid rumors of hazing and degradation during the '7 Days of Hell' and I wanted very much to be dominated. The fraternity was made up of 25 actives and 5 pledges. As a pledge, I was assigned to 5 actives. I was to do their bidding for the whole semester, provided that I passed Hell Week. During Hell Week the house was off-limits for outsiders; the actives had no dates or social outings. Instead, they played out their sexual fantasies on the 'slave' pledges. And indeed we were their slaves for the week. Blindfolds were issued and our clothes stripped. We were not allowed to stand and quite often our hands were tied. Only three hours of sleep was permitted each night. We could not use our hands when eating but were issued food in a bowl on the floor. Breakfast was always the same — we knelt at the urinals which had our breakfast, consisting of a pile of corn flakes liberally soaked with piss. The foul odor of the actives' early morning piss made us almost throw up. Paddling was administered until we finished. It was an unbelievable experience. Today, I still welcome that experience. The actives cut loose with loads of foul piss onto the corn flakes when our blindfolds were in place. We had 30 minutes to clean up every morcel of cereal and EVERY drop of piss. Verbal abuse also accompanied breakfast. Hell Week was long and tiresome. Our asses were red and sore. The final evening, Saturday, each pledge was put over a sawhorse and securely fastened. The blindfolds were put on again. A liberal amount of Vaseline was rubbed in each of the 5 assholes. I felt pressure on my asshole and just as I was ready to yell a cock was stuck down my throat. In an instant, I was being fucked by two of my brothers. As each climaxed and withdrew, another active took his place. After an hour we were released and with a formal ritual we were accepted into the fraternity. I had to do the bidding the remaining part of the semester for my 5 actives. But it was generally light chores, laundry, etc., with paddling once a week. No further sexual abuse was conducted. I never knew whose cocks fucked me during the initiations."

— Não me diga que em Piracicaba rolava coisa desse tipo!

— Não chegava a tanto, Glauco, mas não é a suruba final que conta aqui, é a comida servida no chão e os bichos comendo sem usar as mãos, fora o abuso sexual, óbvio. Repare agora neste outro caso, como a coisa se concentra na implicância entre um veterano e um calouro em particular:

"I am glad there is a publication which gives me the chance to tell of an experience I had as a pledge to a fraternity at Brown University. Before initiation we all had to spend some free hours each week working at the frat house — serving meals, cleaning and generally catering to the whims of Brothers. For any mistake we would 'assume the position' — bent over to get our asses whacked with the paddle. None of the members but one would paddle us on the bare ass so we wore heavy pants and several pairs of undershorts and the beatings were not so bad. But the one guy, Randy, was a mean bastard and would make us drop our pants and shorts and beat our naked tails till we yelled. He seemed to pick on me especially because I was taller than the others and than him. One night I was supposed to clean up supper dishes while everybody went out to some bash. When I thought they were all gone I grabbed a beer, which was forbidden, and sat down to watch television. Suddenly Randy came back. He caught me red-handed, called me a 'fucking sneak,' and told me to fetch the paddle. As I walked from the room he almost lifted me off the floor with the hardest kick in the ass I ever got. When I came back with the paddle I was scared shit. He told me to bare my ass and bend over. Then, did he ever blister my hind end with that paddle, I screamed and cried, begging for mercy. But he wouldn't stop. My ass went from pain to numbness, till I couldn't stand it and jumped away. We argued and he told me if I was chickenshit I could get the hell out and forget about the fraternity. I didn't want that or for him to get the best of me so I apologized and decided to take anything he dished out. He made me strip altogether and then marched me bareass upstairs, smacking my already sore behind all the way up. He tied me hand and foot on a bed and lit a candle. First he teased the soles of my feet with the flame, threatening to really burn them. They did burn once or twice and I let out a howl. He ran the lighted candle up my legs to my groin and set my cock hair on fire. He would put it out when the flames grew big but by the time he finished practically all my manly hair was singed to stubble. He turned me over and I thought he was going to tan my ass some more but instead he spread my hind cheeks and started dropping hot wax from the candle on my asshole. Many didn't hurt but a couple of real hot drops hit my sensitive tail pipe right on target and made me jump. At last he asked if I was ready to obey and I said yes so he untied me and made me get on my knees and take his cock in my mouth and suck on it. I was never so humiliated in my life. There were tears running down my face as he ground his hips and dug his prick deep into my throat. All the time he was calling me 'Cocksucker' and 'Fag' and saying 'Suck it, Mary.' The only thing I was spared was his coming in my mouth because I choked and gagged and turned red so he slapped my face and told me to get downstairs, put on my clothes and get back to work. On the way downstairs he booted my ass again and almost sent me sprawling. The initiation that came some weeks later was also a pretty bad time."

— Que é que você vê de comum nesses dois casos? Neste aqui a sessão de tortura e de sexo não é coletiva nem anônima como a bacanal da outra confraria.

— São detalhes, Glauco. Repare na obrigação de trabalhar como criado, lavando louça, fazendo faxina, e ao mesmo tempo a posição de animal, de quatro.

— Que é que tem? Isso é constante, os calouros sempre são tratados como bichos e têm que servir de escravos, não só na hora do sexo ou da brincadeira.

— É que foi justamente essa coincidência o ponto que marcou o trote daquele estudante da ESALQ. Ele entrou na agronomia na década de 70, em plena época da ditadura. Você mesmo observa no livro que o regime militar incentivava a arbitrariedade e a impunidade dos veteranos. Pois o caso dele dá mesmo essa impressão, de que não adiantava reagir nem denunciar.

— Você tem todos os detalhes? Dá pra lembrar?

— Dá, sim. Foi o próprio aluno quem me contou, e não escondeu nada. Vou tentar ser fiel. A república se chamava Agrurapura. Você sabe que lá todas as repúblicas têm nome e fama: uma é a Kantagalo, outra a Jacarepaguá, outra a Sobradão, e assim por diante. A Agrurapura tinha, como as outras, a tradição de "ralar" os bichos no auge do trote, quando começava o ano letivo, mas no dia a dia do meio do ano ninguém de fora imaginava como era a vida do calouro. Pois bem: o Otávio chegou a Piracicaba sabendo do folclore em torno dos trotes inaugurais, mas ignorando a rotina interna das repúblicas. Estava preparado pra passar pela fase pesada, igual àquela "semana infernal" das "fraternities", mas achava que o sacrifício acabava ali. Quis logo se enturmar com os "doutores" (como os veteranos querem ser chamados), e esse foi seu erro. Otávio vinha duma cidade menor, onde tinha morado com os pais numa casa enorme, com muitos cachorros no quintalzão. O casarão da Agrurapura também era espaçoso, com quintal, mas ninguém tinha tempo pra cuidar de cachorro. Otávio caiu na asneira de sugerir que a república adotasse um mascote, que ele se prontificava a criar. Ah, pra quê? Os veteranos simplesmente responderam: "Boa ideia! O cachorro vai ser você mesmo!". E a partir daquele dia o novato teve que se comportar como cão. Só na hora do estudo ou quando tivesse que sair ele podia ficar vestido como gente, andando e falando normalmente. Nas horas vagas, quando não estava escalado pra algum serviço doméstico, era obrigado a ficar de quatro, só de cueca e camiseta, às vezes sem nada, engatinhando pela casa ou amarrado por uma coleira, comendo no chão e só latindo em vez de falar. Esse tipo de "condicionamento" não era nenhuma novidade, já que todos os bichos passam por algo parecido durante os trotes, principalmente na hora das refeições. Como toda república, aquela tinha uma mesa tamanho família na sala de jantar e, quando os "doutores" se sentavam pra comer, sempre tinha um ou mais calouros servindo e outros de quatro no chão, catando com a boca os nacos que alguém jogasse. O mais comum era a "mastiguinha". Sabe o que é?

— Sei. O veterano enche a boca, às vezes mistura a comida com pão, com bebida, mas não engole: cospe a massa no chão e o bicho tem que abocanhar, terminar de mastigar e engolir. Já ouvi até meninas entrevistadas na TV, reclamando que aquilo era muito "escatológico"...

— Coitadas! Aquilo era o de menos. O nojo dos calouros era testado com coisas bem mais difíceis de pôr na boca... Mas vou chegar lá. Pois bem: o Otávio já tinha rastejado junto com outros bichos por baixo da mesa e já tinha saboreado todo tipo de "mastiguinha". Acontece que ele era bem mais corpulento que o resto da calourada, e de quatro parecia um fila comparado aos bassês. Quem mais implicava com isso era um veterano chamado de Sérgio Sergipano, sujeito baixinho e atarracado. Sérgio não tinha nada a ver com o estereótipo de "cabeça chata" que os maldosos atribuem ao nordestino, mas parece que se ressentia de não ter porte atlético, coisa que sobrava no físico do Otávio. Desde o começo passou a abusar dele com mais insistência. Suas "mastiguinhas" pro Otávio eram mais frequentes, mais nojentas, mais volumosas, e sempre pisadas, pra que Otávio tivesse que abocanhar quase debaixo do chinelo do Sérgio. Ora, quando o garotão foi transformado em cachorro, Sérgio era quem mais "treinava" o mascote, fazendo latir no tom certo, abanar o rabo direitinho, apanhar coisas que ele jogava longe e trazer na boca, ir buscar chinelos ou tênis... tudo levando chutes e pisões, claro. Na frente dos outros "doutores" a coisa não ia muito além disso, até porque os outros também queriam brincar. Mas na primeira oportunidade em que ficaram a sós, Sérgio resolveu descontar no Otávio umas coisas que estavam guardadas. Foi assim: Otávio tinha aproveitado uma hora em que não ficava ninguém na casa, e tentava estudar um pouco, quando Sérgio chegou de surpresa e de propósito. Ouvindo a porta, deu tempo pra que Otávio voltasse correndo à posição de cachorro e ao seu lugar no canto da sala, mas o veterano estava decidido a castigar com ou sem motivo. Parou na entrada, estalando o dedo, e esperou que o cachorro viesse fazer festa. Otávio foi até ele, desajeitado, engatinhando e rebolando ao mesmo tempo, pra mostrar que já sabia abanar o rabo. Levou um pontapé na testa e teve que ganir, enquanto Sérgio ria. "Já! Buscar meu chinelo!" Quando Otávio volta com os dois chinelos balançando entre os dentes, Sérgio está sentado no sofá. "Tira meu tênis!" Otávio começa a morder o cadarço, tentando desamarrar. "Que foi? Tá difícil? Anda logo, meu pé tá doendo, quero me aliviar!" O tênis acaba saindo e, como Sérgio não usa meia, o pé suado pegou sujeira. "Lambe aí!" Sérgio apoia o pé na mesinha de centro e Otávio faz de conta que aquilo é igual a outras coisas nojentas e fedidas que os bichos têm de encarar. Sabe que é sua única justificativa pra suportar as baixarias sexuais que ameaçam acontecer, mas ainda espera, ingenuamente, que não vão passar da língua no vão dos dedos ou da chupada no dedão. "Que foi? O chulé tá forte? Anda, trata de lamber! Quero esse banho de língua bem dado!" Otávio obedece quieto, só se escuta sua respiração ofegante debaixo das risadas do veterano. "Agora vem cá! Lambe aqui!" Otávio olha e vê que o pau do Sérgio sai pra fora da cueca, completamente duro. Tenta recuar e recusar, mas antes que diga "Isso não!" ou coisa parecida, Sérgio avisa: "Olha aqui, bicho, nada de macheza pro meu lado, tá legal? Ou faz o que eu mando e faz bem gostoso, ou espalho sua fama na escola toda. Ou me chupa de verdade aqui dentro ou vai ser tratado como chupador lá fora e vai ter que procurar outra república! Quero só ver você encarar essa! E aí? Anda, começa a lamber!". Otávio se lembra das brincadeiras de criança com outros moleques, do troca-troca com o priminho, e se deixa levar na viagem mental. Enquanto esfrega a língua na chapeleta arregaçada e sente o gosto do sebinho, compara e conclui que, contrastando com o tamanho do corpo, o pau do Sérgio parece até maior que o seu, e muito, muito maior que o do priminho. Mas dessa conclusão Sérgio nunca vai ficar sabendo, muito menos saberiam as namoradas que Otávio coleciona, garotas que, aliás, nunca reclamaram do tamanho de seu pau.

— Mas o Otávio contou isso numa boa?

— Pois é, diz ele que a experiência não interferiu na sexualidade "normal", tanto assim que o cara até já é avô. Mas tem outra coisa que ele disse e acho que esclarece bastante. Toda vez que os "doutores" brincavam com o "cachorro", rolava muita farra e muita risada. Zoavam com ele de todo jeito, mandando correr, pular, latir, pegar tudo quanto é porcaria com a boca, lamber escarros e ranhos assoados no assoalho. Passavam o pé na cara, chutavam e pisavam até que os ganidos soassem convincentes... mas o que não dá pra esquecer é disto: a risada dos outros era diferente da risada do Sérgio. O Sergipano ria direto no olho do Otávio, com uma intenção maliciosa que pra ele queria dizer coisas do tipo: "Você sabe o que vai acontecer quando estivermos só nós dois, não sabe? Você pode até achar que sente prazer no gosto do meu cuspe, do meu chulé, do meu sebinho ou da minha porra, mas vai ter que guardar esse segredo só pra você, nem pra mim vai confessar, não é mesmo?". Agora, é difícil dizer se era o Otávio quem lia isso nos lábios do Sergipano ou se o veterano tinha mesmo toda essa sutileza na expressão do riso.

— Tá aí uma coisa que a ficção não pode resolver, nem qualquer outra forma de arte, por mais cênica que seja... Mas e o amestramento do mascote, teve sequência?

— Com Otávio parece que ficou naquilo: farra coletiva e sarro a dois, e o caralho do veterano sendo chupado durante aquele ano. Mas a moda pegou e outros mascotes foram "adotados" e amestrados nas repúblicas, fora os que eram tratados como animais diversos. Na mesma época também foi moda fazer os bichos comerem grama como se fosse capim...

— Ah, disso eu me lembro. Deu até num jornal que os veteranos mijavam na grama que ia servir de pasto, e até pisavam na nuca dos bichos enquanto eles "gramavam"... Mas aí já é outro departamento da zootecnia, né? Nada disso entrou nos seus contos?

— Não, Glauco, já tenho tara demais pra explorar. Deixo pra você.

— Legal. Já que não tive a chance de estudar agronomia, vou ter que imaginar como seria minha vida doméstica de cachorrinho piracicabano adotivo...

O zelador felador

O soneto 685 me veio no dia seguinte a um sarau pornô, para o qual cada um dos participantes havia levado alguns poemas de própria lavra acerca do tema orogenital. Aproveitando o clima, os poetas comentavam o ato felativo ou cunilingual à luz de tratadistas tão diversos quanto Vatsyayana (nos *Kama Sutra*), Paul Ableman (em *A boca sensual*) ou Gershon Legman (em *O beijo mais íntimo*).

— Vá lá que o capítulo do "Auparishtaka" nos *Kama Sutra* seja um festival de filigranas artificiais com cara de misticismo. Mas os contemporâneos também são postiços e não conseguem dar cara de cientificismo a suas fantasias pessoais. (ressalva o mineiro José Maria Travassos)

— Que tudo é fantasia pra sofisticar uma coisa das mais simples, não resta dúvida. Mas deixem que eu puxe uma brasinha pro meu peixe: naquele mesmo texto sobre o "Auparishtaka" sobra um lembretezinho final a respeito da possibilidade de que a felação seja praticada entre homens, pelo servo no seu superior, na falta de solução mais convencional... Pelo menos o *Kama Sutra* não descarta a relação homo, como faz o "moderninho" Legman...

— Moderninho? (intervém o goiano Agesilau Ararigboya) Esse cara é de um machismo troglodita! Alguém leu o que ele fala da posição da mulher na chupada?

— Aquele papo da irrumação em vez da felação?
— Exato. Quando ele diz que na felação o homem fica passivo e a mulher ativa, dá pra entender que ele sinta falta de bombar e controlar a penetração. Mas quando ele insiste que o macho é quem tem de foder a boca da fêmea, não consegue disfarçar a brutalidade. Bem que ele tenta dar uma de "cavalheiro": alerta que ninguém precisa dar porrada na coitada nem estuprar a boca dela. Basta segurar firme pelo cabelo ou pela orelha, pra mostrar "delicadamente" o que ela "deve" fazer... Muito "gentil", mesmo...
— A questão toda se resume no seguinte: nenhum tipo de sexo oral "enobrece" quem abre a boca. Esse negócio de "chupar com ternura" ou de "ser cavalheiro" é conversa mole prum negócio duro. A verdade pura e simples é que a chupeta animaliza quem chupa, emporcalha o ser humano, e, não fosse isso, nem teria graça! (concluo eu)
— Aliás, o poema do Glauco toca justamente nesse ponto. Posso reler?

Suspende-se o debate enquanto o paulistano Plínio de Azevedo Camargo emposta a voz para me paparicar:

SONETO OROERÓTICO (ou OROTEÓRICO)

Segundo especialistas, a chupeta
depende da atitude do chupado:
se o pau recebe tudo, acomodado,
ou fode a boca feito uma boceta.

Pratica "irrumação" o pau que meta
e foda a boca até ter esporrado;
Pratica "felação" se for mamado
e a boca executar uma punheta.

Em ambos casos, mesma conclusão.
O esperma ejaculado na garganta destino certo tem: deglutição.

Segunda conclusão: de nada adianta negar que a boca sofra humilhação, pois, só de pensar nisso, o pau levanta.

— Vejam bem (insisto) que, além dessa questão de quem seria ativo ou passivo, dominador ou dominado, o que importa é o lado sujo do sexo oral. Nesse ponto o Ableman é bem categórico: não se pode exigir muita assepsia, e um pouco de falta de higiene faz parte da natureza e até da saúde humana, já que, quanto mais limpo, mais vulnerável fica nosso organismo.

— O Glauco sempre vendendo o peixe podre dele! (brinca o Agesilau) O Legman também tende a aceitar essa tese do "ajoelhou, tem de rezar" e de que a sujeira faz parte do jogo, mas pra livrar a cara e manter sua postura "técnica" transcreve um manual "prático" atribuído a um pornógrafo francês, onde as mulheres são instruídas a superar o nojo mesmo que o macho não seja muito chegado a um asseio. Até releio os trechos exatos...

Agesilau abre o livro *O beijo mais íntimo* no ponto previamente marcado e refresca nossa memória: "a mulher passa a língua agilmente mas com firmeza em torno de toda a coroa da glande do pênis. Assim fazendo, não dará atenção a qualquer secreção preliminar do fluido pré-coital do homem, nem a quaisquer partículas possíveis do esmegma por acaso presentes sob o prepúcio. Isso será lamentável, sem dúvida, mas..." "O leitor deve ter observado que até agora não houve referência a lavagens ou abluções de qualquer espécie. Isso é intencional. O apreciador da felação é em geral muito refinado para permitir que as mais nobres e mais preciosas partes de sua pessoa sejam contaminadas pela sujeira. Deve-se presumir que a limpeza habitual do homem está acima de qualquer dúvida. Se esse não for, porém, o caso, não se pode negar que se trata de uma circunstância desagradável, mas à qual a mulher — e é precisamente aqui que se faz necessária a tendência filosófica do seu caráter — não deve dar a menor importância." Fecha a brochura e nos questiona:

— Agora pergunto: não é uma demonstração cabal do mais politicamente incorreto dos machismos?

— E eu pergunto: e daí? Não é porque sou gay que descarto esse componente sadomasoquista na dose de sujeira que o felador ou a felatriz tem de suportar. Pelo contrário: isso só reforça o fascínio do tabu. Quanto menos puro, mais sublime.

— O Glauco adora um paradoxo! Você devia ter conhecido um cara que trabalhou no meu prédio, Glauco. O caso dele ilustra bem essa sua teoria. (acode o baiano Jurandir Palmeira, que até então não abrira a boca)

— Por que você não aproveita e participa mais? Esmiuce a coisa! (sugiro logo, antes que os outros desviem o papo para vias mais vaginais)

— A história é a seguinte: o síndico do meu condomínio tava pra ser reeleito quando anunciou que ia se mudar. A mulher dele tava grávida do terceiro filho e a família já precisava dum apê maior. Ainda nem tinha candidato pro lugar do Osvaldo quando ele chegou pra mim e sugeriu que eu me habilitasse ao cargo. Minha mulher achava que seria um abacaxi, mas resolvi topar, mesmo porque o mandato era curto e, se estivesse de saco cheio, eu também podia abrir mão da reeleição. Logo depois da assembleia que me empossou, procurei o Osvaldo e pedi a ele que me passasse os macetes da função, tanto dos prós como dos contras. Osvaldo foi bem mais franco do que eu esperava: abriu o jogo e deu todas as dicas. Foi quando veio à pauta a situação do zelador. Eu tava em dúvida se o Odorico devia ser mantido. O cara me parecia meio turrão, dizem que maltratava até a esposa, com quem morava no apezinho de cobertura no bloco do fundo. Mas o ex-síndico me tranquilizou: "Vai por mim, Jurandir. O Odorico é o cara certo no lugar certo. Pode ser bronco, mas conhece bem o prédio e sabe fazer de tudo". Aí deu uma risadinha maliciosa. "Quando eu digo 'de tudo' é porque ele faz o que a gente quiser. É só saber mandar." Pôs a mão no meu ombro e quase cochichou: "Vou lhe revelar um segredinho profissional. Faça ele chupar seu pau, e você vai ganhar total dedicação do cara...". Pensei que Osvaldo falava no sentido figurado, e ri como quem tinha entendido, mas ele esclareceu logo: "Não digo só que Odorico seja puxa-saco, não. Ele chupa de verdade. A chupeta mais caprichada que você pode imaginar. Quem vê o cara não diz que aquele abrutalhado engula uma rola com tamanha capacidade!". Ainda achei que Osvaldo tava brincando, mas ele assegurou: "Seja bem autoritário: logo de cara chame o Odorico e mande chupar. Você vai ter um cachorro fiel pro resto da vida, pode acreditar!". Osvaldo só me contava aquilo porque nos dávamos bem e eu seria seu sucessor. Pensei em deixar pra lá, mas a ideia ficou minhocando e na primeira oportunidade chamei o Odorico ao meu apê, numa hora em que minha mulher tava fora, e, aproveitando os vários assuntos de serviço, sondei o zelador: "O Osvaldo me falou que eu podia confiar em você pra tudo, e disse que você tem umas habilidades especiais...".

"Então o senhor tá sabendo?"

"Estou. Por isso mesmo é que resolvi que você vai continuar trabalhando pra nós."

"Nesse caso o senhor pode ter certeza de que vou fazer o serviço direitinho, do jeito que fiz pro doutor Osvaldo."

"Assim é que se fala. Que tal começar a partir de já?"

— E fiz um gesto de quem vai desapertar o cinto depois do almoço. A senha funcionou como um botão de controle remoto. Odorico se abaixou como se fosse amarrar o sapato e olhou direto na direção do meu pau. Vendo que a coisa era pra valer, abaixei as calças e me sentei na poltrona mais próxima, enquanto o zelador se ajoelhava na minha frente sem me encarar. Olhei pruns quadros na parede e senti meu pau sendo envolvido por uma sensação incrível. Era como se uma esponja ensaboada e macia me punhetasse bem de leve, provocando uma onda de deleite. Dava pra sentir a porra subindo lá do fundo até escorrer no meio daquela saliva pegajosa. Foi um orgasmo tão rápido que mal acreditei. Quando baixei a vista, deparei com aquela cabeça de carapinha encaixada no meio das minhas virilhas, o pau ainda dentro da boca, terminando de esguichar uma esporrada que parecia não ter fim. Nunca ninguém tinha me chupado com tanta eficiência nem causado um prazer tão forte. Não sei dizer se foi com a língua que ele fez aquilo, ou só com uma sucção muito suave, ou tudo junto. De repente ele se levantou, fez de novo aquela cara fechada de bicho do mato e perguntou: "O senhor tá satisfeito? Então dá licença, já vou indo." Antes que eu respondesse, concluiu: "Quando precisar, doutor, estou sempre às ordens". Fiquei mais surpreso ainda quando verifiquei que minha pica tava praticamente seca, ao contrário do que eu imaginava. Toda aquela baba tinha sido engolida junto com a porra, como se fosse a água que sai pelo ralo depois que o chão tá lavado. Repeti a dose uma porção de vezes, mas entre uma e outra corria um tempo em que eu me punha a matutar que raio de impulso levava um sujeito como Odorico a praticar um ato tão pouco másculo, sendo que tudo nele era rude. Só fui perguntar perto da época em que ele deixou o emprego. A resposta dele manteve a coisa meio enigmática, mas de certa forma corrobora a hipótese levantada pelo Glauco: "Ah, doutor, meu pai me ensinou que todo serviço tem que ser benfeito. Por maior porcaria que seja, a gente tem que dar tudo e fazer o melhor possível. Quanto mais duro, mais a gente tem que provar que dá conta. Aprendi que um emprego garantido depende disso". Indaguei qual a profissão do pai dele. "Era faxineiro, mas fez um pouco de tudo." Odorico aproveitou a oportunidade pra me pedir que continuasse guardando segredo daquele bico que me prestava. "Só pro novo síndico o senhor conta, quando chegar a hora, tá bem, doutor?" Pena que o cargo do Odorico não fosse tão estável como ele esperava. Não tive chance de repassar o segredo ao próximo síndico, já que Odorico criou caso com uns moradores que o achavam malcriado e respondão, e acabou se demitindo antes que eu mesmo tivesse que tomar qualquer providência... Até hoje, quando lembro do cara, fico me perguntando se por acaso conseguiu colocação num serviço melhor ou se continua fazendo bico pra se manter...

    Depois do depoimento do Jurandir, tive de admitir — e nenhum dos outros poetas contestou — que a explicação do Odorico não esgotava o assunto, mas que dispensava um monte de literatura especializada, dispensava.

A chanca e a cancha

O soneto 949 me veio, bem como vários outros sobre futebol, depois que conheci Deliberaldo Braga, ex-artilheiro de várzea que hoje ganha a vida como radialista, apresentando um programa de música sertaneja para caminhoneiros fora do horário nobre. Antes de se firmar numa emissora interiorana, Deliberaldo tentou a carreira de comentarista, mas foi banido da crônica esportiva porque ia direto ao ponto, sem enrolação, mas sobretudo porque dava nome aos bois, aos vaqueiros, aos capatazes e aos fazendeiros, coisa inadmissível nesse território da "polêmica" e da "crise" postiças, seja entre os cerebrais (como Juca ou Flávio), seja entre os passionais (como Chico ou Jorge), seja entre os "malas" (como Milton ou Orlando). Na curta fase de responsável pela narração ou pela "análise" das partidas locais, Dibre (seu nome de guerra dentro e fora do campo) ficou sabendo de pelo menos o dobro das coisas que pôde comentar no ar, fofocas chamadas "de bastidor" que acabaram hibernando numa gaveta, anotadas em diversos cadernos, à espera de serem aproveitadas num livro "revelador" que nunca sairá. Mas o que me interessei em saber do Dibre não foi nada a respeito da bichice ou da viadagem deste ou daquele craque ou perna de pau, coisa que já sei de outras fontes. Minha curiosidade era de ouvi-lo contar alguns dos casos mais escabrosos desse acidentado terreno dos gramados varzeanos. Uma noite peguei-o de veneta na casa do Zé Maria. Aproveitando uma saída, mais ou menos demorada, do hospitaleiro poeta para buscar maconha, puxei papo com o Dibre, retomando um fio de meada desplugado:

— Mas diga lá, Dibrão, já terminou de escrever aquele capítulo da história das torcidas organizadas?

— Que nada! Aquilo é um saco sem fundo! Cada dia tiro mais coisa do baú...

— Se deixar de fora as barbaridades mais periféricas, talvez caiba tudo num livro. Aquele episódio do ABC, na sucursal da Mancha Verde, é um exemplo do que podia ser descartado, né?

— Tá falando daqueles dois que foram zoados pelos palmeirenses?

— Isso. Aqueles dois são-paulinos. Acho que eram primos, não me lembro bem.

— Só um era são-paulino, mas a camiseta do São Paulo tava por baixo duma comum. Mesmo assim foi muita ingenuidade querer comprar os ingressos justo na sede da Mancha, e logo prum clássico tão nervoso como aquele do Verdão com o Tricolor...

— O que acho estranho é ninguém ter escutado nem visto nada depois que os dois foram levados pra dentro da casa. Será que foi medo de denunciar?

— Parece que ligaram o som bem alto pra que nenhum grito fosse ouvido de fora.

— Pelo jeito o som animou a festa, já que até molequinho novo participou da sessão de esculacho...

— Não só pivetes como as namoradas dos mais velhos, que assistiram à cena sem o menor constrangimento. Os dois carinhas foram bastante judiados: andaram de quatro, rastejaram, levaram muito chute, pisão na cara, limparam o chão com a camisa tricolor, beberam mijo dos palmeirenses e até foram forçados a transar entre si, um tendo que chupar o pau do outro. Tudo na frente da molecadinha e das garotas, pra aumentar o vexame... Saíram com a cara meio inchada das porradas, mas o que doeu mais foi o arranhão na honra...

— Alguém saiu punido depois que os dois tiveram coragem de dar queixa?

— Aconteceram algumas prisões, acusações, declarações, indignações, mas tudo provisório. Depois não acompanhei, não fiquei sabendo nem se fecharam a sede local da Mancha, como foi anunciado.

— Pois é, se até um caso tão repercutido acaba esquecido, imagine as coisas mais pesadas que nem chegam aos jornais! Adiantaria incluir num livro?

— Adiantaria pra punheta dos leitores mórbidos que nem você, Glauco. Sei de situações muito piores que essa da Mancha, mas só os tarados iam querer ler esse tipo de material.

— Que tipo de situação? Lembra de alguma?

— Ah, lá na minha terra rolaram várias! Uma do seu gosto é a do goleiro Reba, que jogou por pouco tempo no meu time, o Capim Seco. No próprio apelido dele tá toda a razão da história. Ele nunca gostou de ser chamado assim, queria ficar conhecido pelo verdadeiro nome, Renê. Mas brigava com quem lembrasse que "Reba" era uma abreviação de "Rebaixadinha", que por sua vez era uma deturpação de "Embaixadinha". Foi como chamaram o Renê logo depois duma partida com nosso maior rival, o Capão de Baixo. Muito retranqueiro, esse time só vivia dos contra-ataques. Uma hora o centroavante deles escapou sozinho carregando a bola e ficou frente a frente com o Reba, que conseguiu defender miraculosamente um chute à queima-roupa mas não evitou o choque. Caído, foi pisado pelo Frediney. Aproveitando que o goleiro continuava de bruços, meio zonzo e sem força pra ficar de pé, Frediney levantou o queixo dele com o bico da chuteira e ensaiou umas embaixadas na cabeça do capinista. Sabe como é a embaixada, né? Teve gente que viu a cara do Reba dando pulinhos com a boca em cima do pé do Frediney, mas o juiz disse que não viu por causa do bolo de jogadores que se formava em volta. Depois do quebra-pau generalizado que se seguiu, alguns de cada lado foram expulsos, inclusive o Reba, mas o Frediney continuou em campo e o jogo ficou no zero a zero. Imagine a revolta da torcida! E como, pouco depois, Reba e Frediney pararam de jogar por falta de forma, toda a revolta ficou mesmo na memória do torcedor, já que os dois continuavam indo aos jogos, um assistindo do lado dos capinistas, outro dos caponenses. A coisa voltou à tona no dia em que os dois se cruzaram e Frediney gozou da cara do Reba, perguntando se ele já tinha esquecido do gosto da chuteira. Reba partiu pra cima e se atracaram. Quem tava perto apartou, só que Frediney saiu mais machucado, prometendo vingança. Aí foi a vez do Reba rir da raiva do outro. Mas foi por pouco tempo, porque o Frediney era muito enturmado com a torcida do Capão, enquanto o Reba costumava andar mais desacompanhado. Não demorou pra que cercassem o cara: saía do supermercado pro estacionamento quando, antes de entrar no carro, viu o revólver na mão do Zóio e teve de embarcar numa perua onde o Frediney esperava com mais dois. Rodaram até a represa e, numa área gramada onde os caponenses treinavam, Reba teve que servir de bola, chutado pra lá e pra cá. Amarrado, não reagiria nem que quisesse. Frediney calçava a mesma chuteira usada naquela fatídica partida, guardada com carinho no mesmo estado em que tinha cutucado a boca do Reba no lance da defesa espetacular: já bem surrada. Reba, virado de cara pra cima, viu as travas do solado gasto quase furando seus olhos e escutou a ordem do Frediney debaixo da risada do Zóio: "Aí, frangueiro, que tal lamber? Que tal limpar antes que a chanca fique suja de sangue? Hem?

Que tal essa linguinha de viado se ralando no pezão do matador, hem?". Reba só queria berrar "Filha da puta! Você me paga! Isso não fica assim!" mas o instinto de sobrevivência falou mais alto e, depois duns momentos de suspense, a língua começou a sair pra fora e a se esfregar no meio das travas, disputando espaço com a sujeira do campinho. Zóio e os outros soltavam hurras e olés como se comemorassem uma goleada. "Agora levanta! Fica de joelho!" Pra se certificar de que tinha de obedecer, Reba foi incentivado pelos pontapés do Zóio. Ajoelhado, cheio de barro e mato grudando pelo corpo, Reba deu de cara com o pau do Frediney pra fora do calção. "Quer chupar? Hem? Ou quer cair amarrado na represa? Hem? Tem de responder!" Reba quis responder "Vai se foder! Morro mas não me rebaixo assim!" mas o que Frediney ouviu foi "Eu chupo, eu chupo..." e o que o Zóio viu foi a boca do Reba se entortando pra deixar entrar só a cabeça da rola inimiga, que era tudo o que cabia, de tão rechonchuda. "Quero sentir a língua! Tá esperando o quê? Ah, agora sim! Passa na volta toda! Isso! Continua, vai mamando! Cê gosta mesmo de engolir um peru, não gosta?" Enquanto Reba torce pra que o jogo acabe logo, Frediney vira pro lado e comenta: "Tá vendo, Zóio? Não falei que ele inda ia beber minha porra? Depois da minha inda vai beber a sua!". Os outros reclamaram que também queriam gozar na boca do goleiro, e pra contentar a galera Reba fez um sacrifício a mais. Suou a camisa, fez milagre com a língua, se superou nas suas limitações bucais, mostrando que sua maior vocação não era mesmo a de guarda-metas da masculinidade ultrajada. Mas antes do apito final ainda teve forças pra implorar que não fosse jogado no lago sem que estivesse de mãos desamarradas. Teve que nadar, pegou uma gripe violenta, mas sarou.

— E ficou nisso? A vergonha passou como se fosse uma febre alta?

— Exato. Pra torcida do Capim ele contou que tinha levado uma surra e um banho. Pra torcida do Capão a história que rolou foi a versão do Frediney, mas como entre rivais só vale a fanfarronada, ninguém podia garantir se o Reba tinha felado no duro. De qualquer maneira, a revanche foi planejada. Só não se consumou porque Zóio foi trabalhar em Bauru e Frediney veio estudar em São Paulo.

— Então quem foi que lhe confirmou a veracidade das bazófias do Frediney?

— O Trivela. Ele era um dos outros dois caponenses que foderam a boca do Reba mas que se livraram da represália capinista porque Reba só reconhecia o Frediney e o Zóio. Hoje o Trivela nem usa esse apelido, é o doutor Linhares. Se formou em direito e defende gente de periculosidade muito maior que a do Zóio ou do Frediney... Mas sempre na maior "dignidade", sem apelar pro baixo calão, só pras instâncias superiores, sabe como é?

Eu ia responder com uma pilhéria quando Zé Maria voltou trazendo o bagulho, e não se falou mais em segredos de justiça nem de injustiça. Já que não fumo, Zé Maria me serviu uma travessa de brigadeiros regados a licor imitando absinto. Um cavalheiro, esse poeta.

História oral

Os três sonetos do ciclo 641/643 me vieram quando abriu uma gibiteria no quarteirão e a molecada do bairro ganhou mais um ponto de encontro, além da lanchonete árabe e do café cibernético. Já cego há dez anos, eu nada teria a fazer ali, mas dei uma passada, acompanhado de Daniel, só para deixar em consignação alguns exemplares do álbum *Aventuras de Glaucomix* que o quadrinhista Marcatti desenhou, baseado no meu romance autobiográfico *Manual do podólatra amador*. Daniel é aquele balconista da farmácia que costumo frequentar, menos para comprar remédio que para atualizar as fofocas em torno da bichice alheia, para não falar da nossa. Enquanto Daniel pegava o recibo do material posto à venda, fiquei de ouvido ligado no papo de dois "teens" que escolhiam na estante um álbum de Guido Crepax.

— Leva esse aqui. Tem mais putaria, foi feito em cima do marquês de Sade...

— Esses eu já tenho. Aliás, prefiro este. Tem aquela cena da puta chupando o gordão...

— Ah, cê já se identificou, né, safado?

Fiquei na dúvida se o cara se sentiria no lugar do gordo ou da puta, mas não tive tempo de matar a curiosidade, já que Daniel me puxava pelo braço. Caminhei com ele de volta à farmácia, onde repassei a conversa dos adolescentes.

— Ah, Glauco, tá explicado! Um dos moleques é o Gilberto. Não conheço ninguém mais gordo aqui na redondeza. E o que tem de gordo tem de sacana...
— Você já transou com ele?
— Não. Nem ele gosta de viado, nem eu de leitão. São as incompatibilidades da fauna...
— Mas bem que o menino tem algo de comum conosco: conhece gibi de arte. E prefere justamente meu álbum favorito: a *História de O* do Crepax.
— Ah, do Crepax eu curto tudo. Até prefiro a *Justine* do Sade ou a *Vênus* do Masoch... Por que você gosta mais da *História de O*?
— Cenas explícitas de lambeção de bota. No livro a escravização da mulher não inclui esse detalhe, mas Crepax foi mais longe (ou mais perto) e fez a fulana lamber a sola dos carrascos, entre uma sessão e outra de chicote. Mas minha cena predileta, por ironia, não é nenhum quadro podólatra: é quando o marido "empresta" a boca dela pra chupar um gordão de terno listrado que o casal encontra no restaurante. O cara deixa a mulher sozinha com o gordo na sala privada, e ela tem que se ajoelhar, tirar o pau do gordo pra fora e chupar até engolir a porra, enquanto o gordo só fica lá, sentadão de perna aberta. Mesmo cego há tanto tempo, não me esqueço da cara safada do gordo nem da fulana engasgando com a rola. No livro o chupado nem era gordo, pelo que me lembro...
— Isso me lembra a mulher que chupou o Gilberto. Acho que foi por isso que ele se ligou tanto naquela mesma cena que você lembra.
— Que mulher é essa?
— A Ofélia, mãe do Valmor.
— Aquele viadinho que trabalha na floricultura?
— Ele mesmo. Foi quem me contou tudo.
— Então me reconte, que dessa eu tava por fora.

— Simples: o Valmor vive cantando tudo quanto é bofinho, você sabe, mas nunca consegue quem ele quer. Acabou dando em cima até do Gilberto, que nenhuma bicha digna cobiçaria. Pois sabe o que o gordinho propôs pra ele? Deixaria ele chupar só depois que a Ofélia chupasse!

— Mas que ideia! Por que você acha que a mãe do Valmor faria uma coisa dessas? Ela tem filho viado mas não é puta, que eu saiba. Não é costureira?

— Tá mal informado, Glauco. Pra começar, o Valmor é só filho adotivo, e a Ofélia nunca escondeu isso dele. Desde que enviuvou, a costureira faz bico bicando pica. Quando não recebe o freguês em casa, atende a domicílio, aproveitando a viagem pra entregar outras encomendas, mas sempre vaza uma gotinha de porra no ouvido da gente, sabe como é...

— Mas o Valmor nunca comenta nada... Por que foi confessar justo pra você?

— Porque foi a única vez que ele presenciou, e não tinha ninguém mais interessado que eu pra ouvir coisas excepcionais... De mais a mais, quem resiste ao meu faro investigativo? O "Dani Daninho" aqui sabe perguntar, meu querido! Se perco o emprego na farmácia, viro repórter ou detetive, pode apostar!

— E o que foi que a "Bicha do Sapato Branco" apurou?

— Sabe o que é, Glauco? O Valmor pode ser a bichinha mais sem-vergonha, mas tem vergonha da mãe e faz de conta que não sabe do tipo de roupa que ela costura pra fora. Só que, no caso do Gilberto, ficou tão tentado pela proposta que resolveu assistir escondido. Ele não mora com a mãe mas vai lá todo dia e tem a chave, pro caso de levar uns bolos e pudins quando a Ofélia não está. Que fez ele? Deu o fone da mãe pro Gilberto mas disse pra não contar que a coisa tinha partido dele, como se ele nem soubesse. No dia que Gilberto marcou com a Ofélia, Valmor chegou antes

que ela e se esconderam no sótão. Sabe aquela casa geminada ali na vila, né? Tem aquele telhado com janelinha, não tem? Pois a Ofélia morava lá nessa época. Do sótão ele tinha toda a visão do quarto por causa dum vão na tábua do teto. Ele sabia desse ponto de observação desde que tinha subido ali pra consertar umas telhas quebradas, mas só então achou outra utilidade praquele esconderijo...
— Eu nem sabia dessas habilidades masculinas no Valmor. Pensei que ele só soubesse mexer com flor...
— Ah, aquela bicha é pau pra toda obra! Ou melhor, obra pra todo pau... Mas foi assim que ele me contou, não sei se inventou alguma coisa. Disse que o Gilberto chegou logo depois da Ofélia e, onde sentou, ficou. Gordo daquele jeito, ele tem uma preguiça desgraçada de se mexer. Ser chupado vinha a calhar, já que não dava trabalho nem de tirar a roupa ou descalçar o tênis. Ele só desabotoou toda a braguilha e baixou a cueca, pra deixar os bagos bem livres e a rola à vontade. A Ofélia pôs uma almofada no soalho e sentou no meio das coxas do moleção, que tava escarrapachado na poltrona, fumando um daqueles reservados pras ocasiões especiais. Parece que o Gilberto tinha alguma dificuldade na ereção, mas o engraçado é que nem se inibia com isso. Só explicava que ela ia ter que se esforçar pra deixar aquele pau durinho no ponto, e que o problema era dela se demorasse. Acha o Valmor que o cara goza até de pau meio mole, mas o negócio é tão grosso e curto que nem faz muita diferença no meio daquela banha toda. O fato é que a Ofélia não tava acostumada com tanta carne e teve um trabalhão pra lubrificar cada dobrinha com a língua. "Você não tem nojo, tem?", falava o gordinho. "Então vai arregaçando devagar e passando a língua na cabeça... Tem menina que não topa o cheiro nem o gosto, mas você já tá calejada, né?" E ria no maior relaxo, sem se incomodar com o sacrifício da Ofélia pra ensaboar de saliva aquele puta gomo de paio. Ela fez de conta que a carne

era a coisa mais limpa e saborosa do mundo. Só se escutava o barulhinho de pele molhada e de respiração ofegante, até que Gilberto começou a falar mais rápido e bufando: "Isso, mete tudo na boca! Mete mais! Aguenta firme! Falta pouco, já vai sair! Agora! Tá saindo! Tá sentindo? Espera sair tudinho! Ah, que delícia! Que tesão! Que boca!". Ofélia só ia fazendo que concordava, falando só "Hum-hum!" sem tirar o paio de dentro, até que tossiu e teve que desengolir o caralho pra poder engolir aquele montão de líquido que tinha acumulado depois de várias golfadas. A impressão era de que Gilberto juntava porra até não caber mais e quando gozava dava pra encher um copo...

— Poxa, Daniel, esse moleque precisava ter tido mais chances de descarregar tanta energia estocada! E o Valmor, teve chance de ajudar o gordinho a se aliviar?

— Diz ele que sim, mas não entra em detalhe. Acho que o Gilberto não se excita mesmo com viado... Deve ter sido uma experiência meio frustrante... Até porque foi o Valmor quem deu ao Gilberto a grana pra pagar a mãe. Pra ela também não foi boa a coisa, porque não quis saber de repetir a dose...

Dali em diante fiquei atento aos buchichos da molecada, até flagrar outra vez o Gilberto na gibiteria. Não escutei nenhuma confissão bombástica, mas foi suficiente o papo dele com outro maníaco por quadrinhos, diálogo que consegui acompanhar pela metade no momento em que chegava à loja para ver se o *Glaucomix* estava tendo saída:

— Esse do Pichard é forte! Pode levar que você vai gostar! (dizia o outro)

— Já conheço. Prefiro o Crepax. Acho legal isso tudo que fazem com a freira, mas o Crepax é mais realista nas cenas de chupada, a mulher se rebaixa mais...

— Você acha? Achei que você ia curtir mais as torturas na freira...

— Mais legal é a tortura psicológica, meu. Quando a mulher tá chupando, não precisa apanhar pra sentir que tá por baixo. Eu, quando fodo a boca da mina, já torturo ela só fazendo engolir até engasgar... Nem tem necessidade de chicote: é só mandar e ter autoridade, meu. Não tem nada mais torturante que levar uma rola grossa na boca, meu!

Gilberto falava sério, mas quando tocou na "rola grossa" riu da própria expressão. Pensei comigo que era mesmo uma pena aquela indiferença da juventude para com a agonia dos deficientes visuais, que poderiam ser tão úteis aos gordinhos em dificuldades eréteis, mas como desta vez não era Daniel quem me acompanhava, tive que guardar para mim o comentário que quis fazer sobre esse desperdício de oportunidades. E já que minha boca não estaria na cogitação dos Gilbertões da vida, nem me dei ao trabalho de elucubrar como seria o pé descalço dum gordinho desses na minha língua...

As sandálias da humildade

Um soneto como aquele "Podolatrado" (739) me veio quando fui apresentado a um poeta mineiro chamado José Maria Travassos, que tinha sido criado no Triângulo e costumava contar casos interessantes de vício vivido. Numa de suas visitas, enquanto Zé Maria ia fazendo um reconhecimento das lombadas na minha biblioteca, o assunto enveredou para a vocação pederasta dos padres, talvez porque ele passasse os olhos pela coleção do Eça de Queiroz.
— Então, Glauco? Você, que coleciona essas histórias de podolatria, já fez um estudo comparativo com a pedofilia dos padres?
— Ainda não juntei material suficiente. Mas meu interesse aumentou depois daquela onda de denúncias nos States. Lembro de pelo menos três casos em que o rapaz acusava o padre de ter acariciado seus pés antes de chupar a rola. Achei curioso como o detalhe da carícia marcou até mais que a própria chupada... Mas senti falta duma descrição mais concreta.
— Pra isso nem precisa ir longe: aqui mesmo rola coisa bem mais explícita.
— Inclusive coisa já bem registrada na literatura. Quer ver? Pegue nesta prateleira um romance do João Silvério Trevisan chamado *Em nome do desejo*. Achou?
— Achei.

— Abra na página marcada e leia o trecho anotado na margem.

Zé Maria leu no seu tom pausado e manso: "Quanto à masturbação, que continuava rigorosamente controlada, o Reitor assim se manifestava, em suas vistorias: 'Deixa eu ver os peitos. Eta, peito inchado. Masturbação demais, rapaz. Vê se toma jeito. Peito inchado em homem é feio.' Já o Diretor Espiritual era diferente: relacionava-se e cuidava dos seus Menores como se levitasse desde o início e os chamasse para o alto, consigo. Usava estratagemas poéticos: no caso da masturbação, amarrava fitinhas de várias cores no membro genital dos meninos mais reincidentes. As várias cores correspondiam à gravidade das fases masturbatórias. Para um controle que ele fazia pessoalmente e com rigor, obrigava os garotos a dar um nó na fitinha, a cada nova masturbação. Assim, acompanhava de perto a atividade pecaminosa dos pequenos, com muita imaginação. E se os punia, era para elevar-lhes o espírito. Se chegava a fazer carícias em seus orientados, tomava cuidado para não desassossegá-los interiormente. Apertava a mão de um, afagava o rosto de outro e até, vez por outra, chegava a toques que pareciam mais ousados. Nesses casos, tranquilizava-os imediatamente com explicações convincentes. Aludia à frase que fizera inscrever no alto de sua porta: UBI CARITAS ET AMOR, DEUS IBI EST ('Onde houver caridade e amor, Deus aí estará'). Ou então colocava o menino recostado sobre seu joelho e lhe explicava com o jeito mais doce: 'Se existir verdadeira caridade entre nós dois, Deus estará conosco.' Quando, durante a direção espiritual, os garotos lhe contavam coisas escabrosas, colocava-os de joelhos em cima da cadeira ('para que, elevando-se, melhor peçam perdão a Deus'); e, enquanto rezavam, ele ia lhes tocando os pés com os lábios, delicadamente. E explicava: 'É em nome da misericórdia ao pecado que se repete aqui o gesto de amor de Cristo, na Última Ceia.' Aos poucos, esses seus toques labiais iam configurando beijos explícitos e jamais carentes de ternura, com os quais banhava os pés dos pequenos penitentes. A qualidade de suas relações com os orientados diversificava-se ainda mais daquelas do Reitor quando se considera certo teor francamente lúdico que as compunha."

— Que tal? Quem foi seminarista sabe que essas coisas rolam mesmo, com maior ou menor grau de fantasia.

— Acho isto até poético, Glauco. A história que eu ia lhe contar é um pouco diferente, mas tem a ver. Que é autêntica eu garanto, porque participei dos fatos.

— Não me diga que você também foi menino do padre!

— Você sabe que não fui santo. Teve época em que precisei fugir de Uberlândia pra não ser preso. Mas na adolescência toda a minha turma já tinha passado pela mão do padre Túlio, ou antes, o padre Túlio já tinha passado a mão na cabeça de nós todos.

— Com que idade?

— A molecada variava dos dez aos quinze. O padre era daqueles com mania de "Vinde a mim..." e a criançada vivia rodeando o cara. Minha turma era mais barra-pesada e o Túlio não se arriscava a tentar alguma intimidade maior com a gente. Preferia os mais pó-de-arroz, que os pais obrigavam a frequentar a missa, fazer primeira comunhão, ter aula de catecismo, e tal. A gente sabia, pelos buchichos no meio da molecada, que o Túlio se metia com este ou aquele, mas nem o Abobrão, que liderava minha gangue, sabia dizer com certeza qual era a do padre, já que ninguém tinha flagrado ninguém no ato.

— Como assim? Não sabiam quem chupava quem?

— Pois é. Tinha quem jurasse que o Túlio chupava. Outros achavam que os preferidos dele eram justamente os mais delicadinhos, mais fáceis de serem fodidos.

— E se fossem as duas coisas?

— Seria o mais provável. Mas o que deixava o Abobrão invocado era o jeito como o Túlio mimava o Beto. A gente chamava o moleque de Beto Beato porque era o queridinho da paróquia. Mesmo sem ser coroinha nem nada, não saía da igreja e tava sempre dando uma mãozinha pro padre. Talvez um pezinho também. Um dia o Abobrão juntou a patota e falou que ia tirar a limpo aquela história. Resolvemos dar uma prensa no Beto e ficamos vigiando os passos dele. Até que cercamos o danadinho quando voltava da casa paroquial. Cortamos o caminho dele quando passava pelo predião em construção. Beto quis correr, mas segurei por trás e o Abobrão mostrou aquele canivete de cabo de osso que era seu xodó. "Se não quiser sair furado, não abre a boca e vem com a gente." Levamos o Beto pro porão do prédio. A obra tava parada e ninguém descia lá. Beto fez cara de choro e foi avisado: "Nada de frescura. A gente só vai terminar de fazer o que o padre começou, tá sabendo? Mas antes você vai ter que contar o que foi que o Túlio já fez...". Beto quis enrolar, repetiu aquela conversa do padre a respeito do lava-pés, da humildade de Jesus dando o exemplo e beijando o pé dos apóstolos, da Madalena lavando o pé de Jesus, e tal. Levou um tapão na orelha. "E a outra face? O Túlio não te ensinou a dar a outra face?" Beto pedia pelo amor de Deus. "Vai ter que ajoelhar! Que negócio é esse de implorar em pé?" Beto caiu de joelho e ficou de mãos postas como quem reza. Todo mundo riu da cena, mas o Abobrão curtia demais: "Conta aí, que foi que o Túlio fez com você? Vai falando!" "Beijou meu pé..." "Beijou como?" "Sentei no banco e ele deitou no chão..." "Que mais?" "Depois foi subindo e me chupou..." "E você gozou?" "Gozei..." "E ele engoliu?" "Antes mostrou na língua. Disse que pra ele era que nem hóstia..." "E você, recebeu a hóstia, também?" "Não. Ele sempre falou que tava dando prova de humildade, que era ele que tinha que se humilhar..." Quando Abobrão achou que já sabia o bastante, lascou outro tapa na cara do Beto e a gente caiu de novo na risada, vendo o moleque ali de joelho, sem desfazer a pose de oração, mesmo levando porrada. Aí o Abobrão mandou: "Agora quem vai dar prova de humildade é você! Vamos ver se aprendeu direitinho a lição do padre! Começa beijando meu pé!". Abobrão usava aquela sandália de dedo, tipo havaiana, o pé vivia encardido. Beto teve que desjuntar as mãos pra se apoiar no chão. Quando começou a beijar, recebeu ordem pra lamber, pra chupar os dedos, enquanto nós íamos pisando nas costas dele, dando chute na bunda. Depois que sujou bastante a língua na poeira do pé da turma, teve que levar rola na boca. Glauco, acho que em todas as missas o Beto não comungou tanto quanto a porra que engoliu naquela tarde!

— E nas outras tardes?

— Não precisou. O Abobrão achou que a lição tava de bom tamanho. Aliás, o Beto nunca mais andou sozinho em lugar deserto. Não sei se contou alguma coisa pro Túlio, mas se contou foi mais um segredinho que ficou entre os dois. A gente até espalhou o caso, mas a molecada já tava acostumada com os buchichos e deu desconto, como pra qualquer boato. Já o Beato não perdeu nem ganhou fama, mais do que já tinha...

— Se fosse hoje, talvez esse padre Túlio passasse por um pequeno calvário...

— Pode crer!

E passamos, Zé Maria e eu, o resto da noite lendo e comentando acerca da impunidade dos sacerdotes sacanas no tempo do Sade e do Bocage, comparado aos quais o padre Túlio bem que poderia ser canonizado.

Jugo conjugal

Sonetos como aqueles, "Conjugal", "Conjugado" e "Cônjuge" (247 a 249) me vieram depois duns saraus de que participei, cujo tema era o maniqueísmo na literatura e a dupla personalidade dos personagens. Claro que o ponto de partida foi *O estranho caso do Dr. Jekyll e Mr. Hyde*, de Robert Louis Stevenson, novela mais conhecida como *O médico e o monstro*, mas o ponto de chegada podia ser a obra de cada um dos participantes. A certa altura o papo enveredou pelos triângulos amorosos e pelo caráter pirandeliano de certos tipos. Mas nem o contista paulista Carlos Carneiro Lobo, engenhoso autor das *Histórias naturais* e das *Geografias humanas*, nem o poeta mineiro José Maria Travassos, vivido coadjuvante de escabrosos casos eróticos, nem qualquer outro literato presente exemplificou a pauta com um relato mais ilustrativo da relatividade das reputações que o testemunho de Daniel, balconista da farmácia ao lado e meu confidente mais ciente das fofocas venenosas do quarteirão. Enquanto ainda enaltecíamos o mestre dos pretextos e das aparências que enganam, Daniel pediu modestamente a palavra:

— Não discuto que Pirandello seja genial, mas tem muito personagem procurando autor e que não foi procurado pelo Pirandello.

— Aqui no bairro mesmo, aposto...

— Claro, Glauco! Tá ironizando por quê? Você sabe que a arte não consegue imitar a vida quando o negócio é sadismo ou sacanagem, não sabe? Nenhum escritor retrataria certas realidades, e se retratasse seria acusado de invencionice.

— Tem algum exemplo que o ceguinho aqui ainda não conheça?

— Tenho. Querem ouvir?

Todos se dispuseram, e mais uma vez sabatinei o Dani Daninho para que fosse aprovado com distinção e louvor:

— Lembra, Glauco, daquele vendedor de loteria que passava aqui na rua?

— Tá falando do Nestor?

— Não, falo dum brancão que trabalhou na área antes dele. Um tal de Olegário, acho que você não conheceu. Mas enquanto ainda não vendia bilhete, esse cara esteve bem melhor de vida. Recolhia dinheiro do bicho nos vários pontos, contabilizava tudo e repassava pro chefão do território, que na época era o Guilherme Taveira.

— Desse eu já ouvi falar. Sujeito sinistro, com fama de sanguinário. É verdade que foi torturador do DOI-CODI?

— Pelo menos é o que falavam. Mas o fato é que, além de vários outros departamentos da jogatina e do cambismo, o Olegário tava na equipe do Taveira e faturava bem. Até comprou apê naquele prédio chique com sacada, que você tanto cobiça...

— Aquele onde mora o Tolentino?

— Ali mesmo. E a sorte do cara não parou nisso: conseguiu casar com uma doninha que era o sonho erótico de muito galã garanhão por aí: a Diná, que o pessoal da padoca chamava de Diná Angorá.

— Acho que já vi essa fulana na época em que trabalhei no banco. Quando ela entrava na agência, os colegas e clientes até paravam o que estavam fazendo só pra olhar os movimentos dela... Tinha uns cabelos bem pretos e uns olhos pintados que chamavam mesmo a atenção, sem falar nas ancas... Até comentei com um amigo que, se fosse hetero, eu ia ter fantasias masturbatórias com ela... Só pode ser a mesma Diná, nossa correntista "preferencial"... Mas do marido ninguém sabia, nunca vi o cara.

— Ele era bem discreto, incapaz de qualquer baixaria. Podia ser trambiqueiro, mas não era adepto da violência. Por ironia, foi esse o motivo de não ter reagido quando cobiçavam a Diná, mas também por isso sobreviveu pra se manter com as loterias... Foi uma puta decadência, mas pelo menos saiu inteiro da jogada.

— Mas qualquer um cobiçava a Diná. Reagir de que jeito? Só se o cara saísse matando a torto e a direito.

— Cobiçar de longe é uma coisa. Tomar na marra é bem diferente. No caso da Diná, não foi uma coisa nem outra: foi confiscada pra resgatar uma dívida.

— Como assim? A mulher tava penhorada?

— Não tava, mas acabou servindo de moeda. Foi assim: o padrão de vida do Olegário ia subindo, os gastos aumentando, e teve uma hora que ele lançou mão da grana a ser entregue pro Taveira. Durante um tempo a coisa foi tratada como "empréstimo", mas o Taveira não era homem de muita paciência e logo encostou o Olegário na parede: ou paga ou... Aí Taveira foi criativo. Em vez de eliminar o devedor como qualquer rato de esgoto, ofereceu ao rato uma chance: caso não tivesse a grana devida dentro do prazo extra, entregaria sua gata pro cachorrão. Só que a entrega não seria uma simples transferência de patrimônio, teria que ser uma cerimônia particular onde o rato ia chafurdar ainda mais no esgoto e a gata ia virar cadela, um na frente do outro. Ou Olegário topava aquela animalidade, ou deixava o convívio dos humanos. E você que é cego sabe, Glauco, como o ser humano é capaz de se adaptar a qualquer fenômeno da natureza, não sabe?

— Se sei! Mas que foi que o Olegário fez de tão fenomenal?

— Uma pequena inversão fisiológica nos hábitos alimentares. O preço foi comer a merda e beber o mijo do Taveira, na mesma sessão em que a Diná fosse fodida pelo bicheiro. E tudo considerado como um favor especial, um privilégio que o Taveira tava concedendo! A primeira atitude do casal foi tentar escapar, sumir de circulação, viajar sem paradeiro, largar tudo. Mas foi só perceber que seus passos estavam sendo vigiados por capangas do Taveira, e Olegário se convenceu de que era inútil querer passar a perna naquela máfia. Pra surpresa dele, foi a própria Diná quem tomou a iniciativa de aceitar o sacrifício, coisa de que Olegário queria poupá-la a todo custo. Ele preferia se encontrar a sós com o Taveira, se sujeitar à baixaria sem a presença dela, pra que seu vexame fosse menor e mais suportável. Faria de tudo, pediria novo prazo, venderia o apê, trabalharia de graça... Mas cadê que o banqueiro do bicho abriria mão daquela buceta e daquela boquinha de pétala de rosa? Não, a boca do Olegário ia servir de penico, mas a da Diná era indispensável como punheta. Vencido o prazo, saíram os dois escoltados por três guarda-costas e foram levados pra fortaleza do Taveira em Atibaia. Antes de perder a Diná pro chefão, Olegário teve de aguardar até a hora em que Taveira costumava ir à privada. Em vez de fazer no vaso, o cara fez numa bandeja de prata especialmente preparada. O cocozão foi servido ainda quentinho, na sala, e, enquanto Diná se sentava ao lado de Taveira, Olegário recebeu ordem pra ajoelhar na frente da mesa de centro e comer com garfo e faca, como se fosse uma cafta... Você acredita que, quando o Taveira começou a dar gargalhada da cara de nojo do Olegário, a Diná também caiu na risada? Ficaram os dois se divertindo com o sufoco do coitado! Ele chegava a boca perto do tolete, via o "molho" da "linguiça" formando aquela pocinha em volta, sentia o cheiro e recuava. "Vamos lá, coragem, homem! Que é isso? Não vai me dizer que a merda do patrão não lhe apetece!", brincava o Taveira, e o subalterno prendia a respiração, partia mais uma fatiazinha com a faca, espetava o naco no garfo e levava à boca, tremendo até quase derrubar no chão. Fechava os olhos na hora de empurrar a rodela pra dentro dos lábios, e depois se contraía todo, querendo engolir rápido, mas o chefe interrompia a concentração dele: "Calma, sem pressa! Mastiga bem! Mostra a língua, deixa eu ver! Isso, nada de engolir inteiro, que faz mal! Vamos lá, de novo! Mais um pedacinho!". E Diná soltava sua risadinha estridente, acompanhando o dono da festa. Quando Olegário começou a tossir e bater no peito, Taveira achou que era hora da bebida pra ajudar a descer a refeição. Levantou do sofá, pegou a jarra de cristal de cima da mesa e, tirando o pau da braguilha, mijou dentro. Recolocou na bandeja e mandou que Olegário enchesse o cálice e ainda brindasse ao chefe e à esposa antes de beber. Sei lá, Glauco, mas, pra quem acaba de engolir merda a seco, um gole de mijo ainda espumando até que não parece o pior dos refrescos, hem? O Taveira nem se deu ao trabalho de pôr o pau pra dentro: Diná teve que começar a chupar ali mesmo, enquanto o marido terminava de tomar o mijo, bebericando bem devagarinho, esvaziando o cálice e enchendo de novo, várias vezes. Pra ela foi até um alívio ter de mamar naquela rola ainda pingando em vez de repartir a janta com o corno. Tratou de puxar o saco do chefe e deu o máximo de si, já convencida de que não ia mais fazer aquilo no próprio Olegário. E não deu outra: o marido foi levado de volta ao apê (que logo depois seria vendido pra pagar outras dívidas), enquanto a Diná ia curtir umas férias com Taveira na praia. Na volta, ela só passou no bairro pra se despedir do coitado. Sabe o que a danada falou na cara dele? "Olha, Olé, o Guilherme me disse que fez aquilo só porque teve pena de você..."

— Pena? Porra, imagine se não tivesse!

— Mas foi isso mesmo, Glauco! O Taveira não dava colher de chá pra ninguém, mas como o Olegário tinha sido um funcionário leal durante tanto tempo, o jeito foi improvisar um castigo diferente, só pra não parecer bonzinho demais perante a máfia toda. Foi a solução mais "moral", de acordo com as palavras do bicheiro, que Diná repetiu ao já ex-marido. Mais cruel ainda foi a explicação da própria Diná pra ter colaborado tão descontraída com as vontades do Taveira: "Mas meu bem, que queria que eu fizesse? Não vê que salvei sua vida? Se não fosse por bem, eu iria na marra e você ia pro saco! Tive que facilitar as coisas, e continuo tendo, já que agora estou à disposição dele... Você, não: comeu cocô, bebeu xixi, mas já gargarejou e agora só lembra do gosto se quiser...".

— E o Olegário? Qual foi a desculpa que arranjou pra livrar a cara daquela bosta toda?

— Também acha que evitou um duplo assassinato, naquela de "vão-se os anéis...", mas a gente sabe que nada apaga um borrão desses na reputação, mesmo que o cara faça de tudo pra manter o caso em segredo ou, pelo menos, no terreno do boato sem fundamento.

— E como foi que você descobriu que o boato tinha fundo? Não pode ter sido o Olegário quem lhe contou...

— Lógico que não. Foi um capanga do Taveira, um dos guarda--costas que ficaram de vigia na varanda da mansão na hora em que o rato mastigava e a gata lambia.

Carlos e Zé Maria, que, como os demais, ouviram o caso sem apartear, concordaram no final que pra tudo existe justificativa quando nenhuma aparência tem qualquer salvação. E voltamos todos aos contos mais amenos de Pirandello, enquanto nos servíamos dum bolo de chocolate regado a suco de maracujá.

Dinheiro suado

Os sonetos 600 e 700 me vieram, em diferentes ocasiões, quando fui interpelado a respeito dum artigo que publiquei no gibi *Chiclete com banana*, editado por Angeli na década de 80. Minha postura punk e minha poesia escatológica eram já bem manjadas, mas a molecada ficava intrigada quanto à veracidade dos tais campeonatos de tênis podres nos Estados Unidos e, sobretudo, da minha participação neles como jurado. Mas o que pouca gente sabe é que aqui no Brasil já fizeram coisa semelhante, e justamente por causa da minha matéria na revista. Claro que, na época, eu ainda não tinha perdido totalmente a visão, razão pela qual não gravei na memória apenas as impressões olfativas e gustativas.

Tudo começou quando a banda Punkadaria me pediu letra para um som que deveria ser incluído no segundo disco, ainda em vinil. Escrevi uma intitulada "A mulher que se disputa" e, no dia em que o vocalista Maskarão veio buscar a encomenda, viu o gibi do Angeli na pilha de zines.

— "DOGRAS"? Que porra é essa? (e apontava para a capa da revista)

— É "DROGAS", mas o Angeli gosta de trocar umas letrinhas pra encher o saco dos leitores que mais sacam...

— Falar em letra, cadê a nossa parceria?
— Tá aqui. Bati à máquina e tirei cópias pra facilitar.

Maskarão bebeu meio copo de coca, arrotou estrondosamente (de propósito, a fim de impressionar quem não estivesse acostumado) e leu em voz alta:

Ela é mina de família,
Dizem que é uma grande filha!
É beata que se preza
E quando ajoelha, reza!
Sempre foi compenetrada,
Já virou mulher letrada!
Nem de frente nem por trás,
Nunca entrou nenhum rapaz
No seu quarto de solteira
Pra sentar na sua cadeira!
Nunca teve o menor vício:
Mas que puta desperdício!
Todo mundo lhe cobiça
O cu que nunca viu piça,
A buça que tem bigode,
A boca que ninguém fode!
Mas eu é que sou feliz,
Porque tenho o seu nariz,
Já que a mina é dependente
Dum prazer bem diferente:
Cheirar droga inda mais fina
Que rapé ou cocaína,
Mais vulgar que a pior cola:
Algo que arde em minha sola!
Na hora que tiro o tênis,

A melhor das higienes
É ver meu chulé podrão
Encher todo o seu pulmão!

— Vai dar um trabalhinho pra decorar, mas bate com a base melódica que vocês tinham me passado.

— Não, Glaucão, é isso mesmo! Eu não queria uma letrinha de dois versos e um refrão. Disso a gente já gravou um monte. Eu queria um troço assim, mais elaborado, mesmo. Você pegou bem o espírito da coisa.

E leu de novo, cantarolando no ritmo, pra testar a métrica em redondilha. Enquanto fui ligar o som pra mostrar ao Maskarão um LP dos Ruts do qual costumo falar maravilhas, o roqueiro pegou o gibi de cima da pilha e ficou folheando. Quando suspendemos a audição, ele abriu na página daquele meu artigo e fez questão de reler algumas passagens deste texto:

"Cês querem saber? Eu não aguento mais ouvir falar no vedetismo de fulano que ganhou palma de ouro alhures, ou do estrelismo de sicrano que venceu a bienal de não sei onde, ou da tietagem em volta de beltrano que foi traduzido na puta que o pariu & premiado na casa do caralho. Eu, Glauco Mattoso, lhes digo: também tenho minha fama no exterior, que só não foi reconhecida aqui porque, graças ao nosso habitual atraso, ainda não promovemos o tipo de evento que me consagrou. Trata-se dos campeonatos de chulé, que acontecem anualmente em várias cidades norte-americanas, como Hartville (Ohio) ou Montpelier (Vermont), e que já têm alcance mundial, atraindo competidores de vários países. Os vencedores entram pro Hall of Fumes, à semelhança do Hall of Fame, a célebre galeria dos astros da música country em Nashville. Pois fiquem sabendo que já venci o International Rotten Sneaker Contest (Campeonato Internacional de Tênis Podres) com um pé nas costas. Simples: pedi emprestado um par do Pedro o Podre, já bem curtido, calcei e me mandei pros States. Isso foi em 1980, quando o concurso só existia havia cinco anos. De lá pra cá voltei a participar em outras ocasiões, desta vez como juiz, já que minha experiência de apreciador de chulé deixou os americanos boquiabertos. Agora todo ano os organizadores insistem em me convidar com tudo pago, mas quase sempre sou obrigado a recusar, pra não desgastar a imagem e me fazer de difícil. Na verdade, difícil mesmo é julgar tantos concorrentes, cada vez mais jovens & chulepentos. No ano passado, em Newburyport (Massachusetts), aceitei ser 'juiz de tênis' (stinky-sneaker judge) no torneio local de tênis fedidos (Smelly Sneaker Contest) que valeu como semifinal pro 15º Campeonato Internacional realizado em Montpelier. O ganhador foi um moleque de 13 anos vindo de Salisbury, cujos tênis tive que reconhecer como 'uglier and more disgusting than all the rest'. Na minha súmula acrescentei: 'They (os pisantes) were filthy, rotten, dirty, full of holes, and they stunk really bad'. O garoto havia encardido & 'defumado' os tênis andando de bicicleta. Meus colegas de comissão julgadora foram: uma mãe, um professor de educação física e um cachorro treinado. Todos concordaram com a pontuação que dei pro garoto, inclusive o 'corporate sponsor' (patrocinador) do evento, ligado à indústria de desodorantes e aos laboratórios universitários de microbiologia. O garoto calçava um cano alto de lona, tipo favorito ao apodrecimento mais tresandante (e bota andante nisso), mas isso não quer dizer que os de couro ou nylon fiquem em inferioridade: num torneio regional do meio-oeste (First Midwest Regional Rotten Sneakers Contest) ocorrido em Hartville na mesma temporada, um skatista de 15 anos residente em Uniontown foi sério candidato à vitória usando um cano alto de couro branco, ou melhor, ex-branco — embora o 1º lugar tenha ido pruma garota de 12 anos com um par de lona recuperado duas vezes da lata de lixo à revelia da tia, que acabou se conformando quando soube que a sobrinha tinha conquistado o direito de defender sua cidade na final internacional. Ali em Hartville os juízes foram cinco: uma mãe, um farmacêutico, um professor de educação física, um convidado de honra e um cachorro. Pra ser um bom 'odor-eater', como eles chamam os 'juízes de tênis', não basta saber aplicar os critérios de avaliação que mensuram quanto um tênis tá gasto, sujo, suado e chulepento; tem que ter sensibilidade pra discernir os chulés mais salgados no meio de outros odores altamente concentrados na narina, já que o tênis é cheirado por dentro e por fora, em várias distâncias, calçado e descalçado. Como declarei à imprensa americana, costumo dizer que 'I'll be on the look out for sneakers that satisfy my 10-foot formula. If I can smell them from 10 feet away, they're in the running; 20 feet, a definite contender; 30 feet, a ferocious shoe-in'. Em termos pouco aproximados, uso a 'fórmula métrica': se consigo sentir o chulé a um metro de distância, o cara tá classificado; a dois metros, é finalista; a três metros, favorito ao 1º prêmio. Isso vale não só pro pisante, mas pro próprio pé, pois também fui jurado em testes de meias e pés descalços, análogos aos de tênis podres. Enfim, posso não ter ganho nenhuma palma de ouro, mas uma sola de ouro eu bem que merecia. Que cês tão pensando? Não sou pouca porcaria!"

— Cara, cê se liga mesmo nessa de pé fedido, hem?

— Digamos que não é o único, mas um dos meus temas prediletos.

— Mas você esteve mesmo nos States?

— Como concorrente, não. Falei só pra criar clima. Mas fiz parte duma comissão julgadora, sim, levado por um poeta underground que me hospedou lá e sabia da minha fama de fetichista.

— Glauco, vou te falar uma coisa: os punks de lá eu não sei, mas os daqui iam abiscoitar tudo quanto é prêmio se alguém promovesse um torneio desses! Nosso baterista mesmo seria sério candidato, cara!

— Quanto desperdício! Bem que algum louco podia copiar essa moda americana, né? Copiam tanta coisa careta e brega...
— Em vez de ficar perguntando, por que não damos uma resposta? Que tal um concurso desses aproveitando o show de lançamento do nosso LP? Você toparia ser juiz?
— Só! Mas quem vai organizar?
— Deixa comigo. Se não descolar patrocinador oficial, eu arranjo um alternativo, nem que seja pra avacalhar a fórmula.
— E se o baterista se classificar? Vão dizer que foi marmelada...
— Ele pode ser "hors-concours". Não é assim que se fala?

Maskarão levou avante a ideia e, três meses depois, a gravadora conseguiu patrocínio duma marca de artigos esportivos e convidou, além de mim, um técnico de basquete universitário e um veterano vice-campeão de skate. O concerto foi no Projeto SP, na Barra Funda, tendo sido a finalíssima encaixada no intervalo entre a apresentação da banda que abriu a noite (os Inadimplentes) e o show da Punkadaria. Mas não foi essa premiação final (vencida por um carteiro) que me propiciou material para este conto, e sim as sessões classificatórias, que tiveram lugar dias antes no ginásio dum time de basquete.

Quase oitenta voluntários compareceram, atendendo à convocação veiculada no rádio e numa revista de rock. Uma triagem sumária bastou para eliminar os que se acreditavam o terror da classe mas trocavam de meia à primeira reclamação da professora ou da namorada. Sobraram apenas vinte fortes concorrentes, dos quais sairiam os cinco finalistas. Só eu me encarreguei dessa etapa qualificatória, e um único candidato foi quem teve cara de pau para se descontrair comigo além das habituais piadinhas em torno do poder "dopante" do chulé e do perigo da "dependência" entre soldados, office-boys ou motoqueiros. Chegada sua vez, o extrovertido moleção se sentou na cadeira de braços ao lado da mesa onde eu fazia as anotações. A posição da cadeira permitia que o ocupante erguesse a perna e comodamente apoiasse o pé direito na beira da mesa.

— Só deixa o tênis desamarrado. Afrouxa a lingueta. Isso. Agora põe o pé aqui e deixa que eu tiro. Tem que ser com calma pra ir sentindo aos poucos...

— Já saquei, Glaucão, cê não quer perder nem um bafinho, né? Tá viciado só no cheiro? Ou no gostinho também?

Desviei o olho do papel e do pezão, e encarei o garoto. Sorria com o mais desinibido dos cinismos. Meio surpreso, adiei o assunto:

— Antes tenho que ver se o cheiro merece resposta.

Laércio já tinha dado nome, idade (19), profissão (balconista numa loja de discos), número do sapato (42) e marca preferida (All Star importado). Naquela oportunidade calçava um Converse azul de cano alto, que fui puxando devagar, sem aproximar o nariz. Mesmo antes de soltá-lo do calcanhar, foi possível distinguir a exalação da meia branca. Retirado do pé, segurei o tênis de acordo com o procedimento-padrão dos juízes americanos: a palma da mão sob o solado, o bico do calçado voltado para o pulso, de modo a encaixar o cano no nariz como se fosse uma máscara de oxigênio, calcanhar virado para cima. Desse modo a narina absorve mais diretamente as emanações que sobem do interior do tênis, oriundas do ponto crítico onde se acomodam os artelhos e onde o chulé atinge seu teor mais elevado. O impacto foi sensacional. Inalei longamente aquele vapor morno e concentrado, fechando os olhos para melhor apreciar as nuances odoríferas durante a passagem do ar pelas fossas nasais. Ao afastar o pisante da cara, deparei com o pezão ainda apoiado no mesmo lugar, a meia empapada de suor, escurecida por baixo, a mancha de umidade formando o contorno da sola, enquanto Laércio mexia os dedos provocativamente.

— Que tal, Glaucão? Não acha que já ganhei?
— Classificado cê já tá. A chance é grande.
— E se você provar o gosto? Será que aumenta a chance?

Como os demais candidatos aguardavam do lado de fora da sala, dava para levar um papo particular, ainda que rápido. Contei com a sorte, já que a garota do Maskarão (que atuava como empresária da banda) podia entrar e sair a qualquer momento, não para me patrulhar, mas para passar a todos a sensação de que aquilo não era putaria disfarçada. Vendo que o carinha dava a deixa, fui objetivo:

— Não posso garantir porque não vou julgar sozinho. Mas se você não vencer lhe dou um prêmio de consolação bem mais valioso, que tal? Um prêmio só pelo gosto, sem contar o cheiro.
— Prêmio em dinheiro?
— Se você quiser.
— Tá topado. Quer uma amostra grátis?

Antes que ele tirasse a meia, eu mesmo acompanhei seu gesto de mão e desnudei aquele pezão branquelo. Não era de dias a geleia que se acumulava entre os dedos magros e compridos: era simplesmente o resultado dum único expediente de trabalho após um banho matinal e a troca de meia, mas o suficiente para reativar uma verdadeira usina bacteriana e impregnar o pano e a palmilha. Para não protelar demais a sessão, caí de boca no mindinho e chupei-o até o vão, passando repetidamente a língua em volta. Fiz o mesmo em cada dedo, mas do dedão só dei um beijo na ponta. Laércio abriu ainda mais seu sorriso descarado:

— Vai deixar o melhor pra chupar depois, né? E de outros cheiros, cê também gosta?
— Se forem assim tão fortes...
— Dependendo do prêmio, concorro em várias categorias, cara!
— Então vamos deixar em aberto. Na hora a gente vê.

Trocamos telefones e, quando ele se levantou para dar lugar ao próximo candidato, pude notar o volume sob o zíper dos jeans. O meu ele não podia conferir porque a mesa me dava cobertura, mas Laércio sabia, pelo calor da minha língua, que aquela seria, disparado, minha maior ereção do dia e minha principal punheta por muitas noites.

O incomodado que não se mudou

Sonetos como aqueles, "Primeirizado", "Segundizado" e "Terceirizado" (634 a 636) me vieram na época em que, pela rede virtual, travei contato com outro cego solitário disposto ao autossacrifício sexual. Até então eu me julgava um raríssimo caso de masoquismo gay legitimado pela deficiência visual, e pensava ser praticamente o único exemplo de cidadão que, enquanto implica com a vizinhança barulhenta, suplica a Zeus uma chance de ser fisicamente espezinhado pelo mais incivil dos vizinhos. De repente me defronto com outro gato-sapato das metropolitanas crônicas condominiais, e caio de quatro quando Anacleto, ao "ler" no computador falante meus sonetos mais despudorados, confessa ter passado iguais bocados na mão de outro morador do prédio. Não o meu edifício, claro, pois seria coincidência demais. Mesmo assim acho incrível a semelhança de nossas experiências. Por fone Anacleto foi me contando como rolou a coisa:

— Também uso o Dos Vox, Glauco, mas não tenho um sítio como você. Só mesmo o "emeio". Acontece que fiz uma coisa que você ainda não se animou a fazer: pus um classificado me oferecendo como chupeteiro.

— Pra mim seria perda de tempo. Quem vai querer um cego chupador de pé de macho? Nem tem seção de classificados onde eu pudesse anunciar na rede...

— Isso é o que você pensa, Glauco. Tem portal pra tudo, e quem tem dedo pra digitar tem com que ocupar a boca, pode estar certo.

— Mas você teve muito retorno pro anúncio?

— Não tanto quanto uma puta com olho de limão, cabelo de milho e lábio de morango, mas que pingavam uns gatos, pingavam.

— Mas vem cá: você tinha coragem de receber um estranho em casa, e ainda por cima sem poder ver a cara do sujeito?

— Aí é que tá: quase nunca aconteceu. Ficava mesmo só no sexo virtual, na troca de... digamos, "cartas de intenção". Pra falar a verdade, o tal vizinho foi o primeiro que eu deixei vir. Mas juro que eu não sabia que era ele.

— Por que deixou, então? Justo ele?

— Simples: insistiu muito, mais que os outros, pra me conhecer pessoalmente. E não insistiu pedindo, não: insistiu mandando, impondo como condição pra continuar o contato.

— E o cara tinha mesmo esse poder de persuasão? Ou era você que tava carente demais?

— As duas coisas. Mas resisti à tentação de encontrar outros caralhos, e aquele me venceu pela voz de comando. Acontece que o cara era tão folgado como interlocutor internauta quanto era como vizinho.

— E você não desconfiou que podia ser a mesma pessoa?

— Nada! E você acredita, Glauco, que mesmo tendo falado com ele por fone, não me toquei que era a voz do Jamil do apê de cima? Tá certo que até ali pouco tínhamos conversado, mas sendo ele tão folgado, rindo e cantando alto dentro e fora de casa, não dá pra entender como não reconheci aquele vozeirão de feirante...

— Por que você tinha queixa dele? Só barulho?

— E você acha pouco? Sem visão qualquer barulhinho incomoda, você sabe. Seu sono não é leve, Glauco? Então! O meu também. Pois o Jamil chegava de madrugada, batia porta, pisava duro no soalho de tábua, arrastava móvel, ligava som, conversava com visita, tudo na hora em que eu queria dormir! Não sei como os outros vizinhos não se perturbavam! Só se tinham medo do "turco" e não queriam reclamar! Mas eu perdi a paciência. Primeiro tentei falar com ele, resolver tudo de maneira civilizada. Foi pior. Jamil respondeu com quatro pedras na mão, e dali em diante não deu mais nem boa tarde, nem ele nem a mulher. Quando eu entrava no elevador, qualquer vizinho cumprimentava, perguntava se eu queria ajuda, apertava o botão do meu andar... Quando tinha gente no elevador mas ninguém respondia, era certeza ser ele. E a barulheira só piorou, parece que ele passou a fazer de propósito, pelo jeito como ria, cada vez mais alto. O engraçado é que isso costumava acontecer quando a mulher viajava... Em vez de aproveitar o sossego, aí é que o Jamil ficava mais agitado.

— Você não reclamou pro síndico?

— E adiantava? Eu já tava vendo a hora em que ia ter de tomar outras providências, mas essa hora foi atropelada pelo computador. Bem que eu percebi que os ruídos paravam no meio da madrugada, mas não era porque ele tivesse ido dormir: ficava conectado, quem sabe navegando na putaria digital...

— Como será que ele chegou até o seu anúncio?

— Sei lá. Disse ele que foi pelo buscador. Depois de ter se divertido sapateando no quarto, bem em cima da minha cabeça, lembrou da minha cegueira e resolveu pesquisar páginas de cegos pra ver como reagiam aos desrespeitos e às ofensas. No meio de muita "dignidade" e "cidadania" achou minha confissão de fraqueza e minha proposta de "serviço" compatível com minha posição inferiorizada, ou seja, chupar rola. Ah, imediatamente começou a me mandar "emeios".

— Como soube que era você? Pelo nome?

— Não, eu usava um codinome, mas na troca de mensagens fui dando pistas de onde morava, detalhes do bairro, da rua, do prédio. Só dei telefone depois duns dias, mas nem foi preciso citar número do prédio ou do apê, que ele já tinha sacado rapidinho.
— Ele mudou de conversa quando viu que era você?
— Mudou, mas só pra ficar ainda mais abusado. Primeiro escrevia que tava a fim de me foder a garganta até sufocar; depois que pegou meu fone avisou que ia me usar como mictório...
— E você sem saber que tava falando com o vizinho de cima?
— Pois é! No telefone ele baixava a voz, engrossava, falava mais devagar, com uma calma que o Jamil nunca tinha quando papeava sobre futebol nas mesinhas da padaria ou quando discutia com a mulher. Só mesmo pessoalmente foi que ele se identificou, mas aí já era tarde, ele tava dentro da minha sala, sentado no meu sofá, bebendo minha cerveja e rindo da minha cara... Não tive outra alternativa a não ser engolir em seco e responder que tava pronto pra começar a trabalhar...
— Que situação, hem? Cair numa armadilha dessas! Só mesmo a internet pra aproximar pessoas tão próximas mas tão incomunicáveis! Agora me diga: foi difícil satisfazer o Jamil?
— Até que não, porque na hora crítica a gente parece que entra em transe e só se concentra naquilo... Mas deixei que ele pensasse que tava me arrasando ao máximo, me reduzindo a lixo...
— Ele foi violento?
— Porrada não chegou a dar, mas ameaçava cada vez que dava uma ordem. Duro mesmo foi só aguentar a rola quando ele metia fundo e bombava. Ficava sentado, de perna bem aberta, e eu ajoelhado no tapete. De vez em quando ele chegava a passar as coxas por cima dos meus ombros, cruzando os pés nas minhas costas. Eu era fodido como um bicho, Glauco, minha boca parecia buceta de cadela. Eu suava, sentia meu nariz escorrendo, mas tinha que continuar até que ele resolvesse mudar de posição e mandasse lamber o talo ou o saco...

— Ele fedia?
— O normal. Achei que ia ser mais forte, mas o cheiro era de cueca suja, como qualquer um antes do banho. Só depois de gozar é que o bicho pegava, porque ele não deixava tirar da boca e acabava aliviando a bexiga depois de esporrar...
— Dava pra engolir tudo?
— Dava porque era só um restinho. A mijada maior ele sempre soltava antes, na minha privada. O detalhe é que nunca dava a descarga. Deixava fedendo, porque eu já tinha dito que iria lá cheirar depois que ele tivesse saído. Só uma vez me fez cheirar na frente dele, mas aí tive que debruçar no vaso até encostar a boca na água. Fiquei com medo que ele empurrasse minha cabeça pra dentro, mas ele só ficou rindo e mandando: "Aí, ceguinho, beija o mijo! Molha a cara! Tá sentindo, meu? Você não passa disso, um buraco de descarga!".
— Cena forte, hem? Isso se repetiu?
— A chupeta sim, muitas vezes, mas nós dois no banheiro foi só aquela vez.
— Ninguém no prédio percebia que vocês se encontravam?
— Acho que não. A comunicação nunca era pelo interfone. Ele sempre avisava antes de vir, e pra que não tocasse a campainha eu deixava a porta só encostada.
— E as sessões, eram demoradas?
— Não, cada vez mais rápidas. Até que ele acabou enjoando. Ficou tudo fácil demais, perdeu a graça de me ver sem jeito, passado de vergonha, como das primeiras vezes. A coisa foi ficando indiferente, eu aprendi a controlar a ânsia, a beber os jatinhos de mijo sem babar, tudo funcionava sem trauma. De repente até a mulher dele parou de viajar. Era jornalista, sempre pautada pra cobrir o que rolava em tudo quanto era lugar. Parece que promoveram a fulana e ela já não precisava ficar saindo de São Paulo. Com ela em

casa, o Jamil falava menos, saía menos, enchia menos o saco dos vizinhos... e enchia menos minha boca, também.

— A coisa morreu assim, sem mais nem menos?

— Pois é, Glauco, não teve desfecho de cinema. Depois dum tempo, o Jamil até fazia de conta que nem me conhecia. Ele e a mulher cruzavam comigo no elevador, no saguão, e passavam conversando, simplesmente ignorando a minha presença. Fui como uma camisinha ou um pedaço de papel higiênico, que a gente usa e descarta.

— Antes assim do que um Jamil definitivo na sua sala ou na sua privada, não acha?

— E antes assim que um barulho definitivo no meu teto! Que diminuiu, não resta dúvida. Ou vai ver que fui eu que me acostumei...? Sei lá, Glauco, prefiro não tirar nenhuma conclusão.

— "Durma-se com um barulho desses!", como diria um leitor que duvida da veracidade dos meus sonetos...

O roto e o esfarrapado

O soneto 663 me veio quando, conversando com um amigo sobre incesto, contava-me ele o que um primo lhe confidenciara. O assunto surgiu naturalmente, já que nem eu nem Agenor temos reservas morais ou politicamente corretas. Agenor chega a ressalvar que entende toda a carga condenatória que pesa sobre o sexo incestuoso, mas acha que só no temor da gravidez residiria alguma justificativa para o tabu. Fora disso, nada obstaria, por exemplo, uma experiência entre irmãos homens, coisa que, segundo ele, é muito mais frequente do que se supõe.

— Principalmente na adolescência, Glauco. Você mesmo não me mostrou outro dia uns livros americanos que colecionam casos de sexo bizarro? Lembra daquele onde o mais novo é abusado pelo mais velho?

— Lembro, claro. Mas não custa reler pra refrescar.

Fomos até a estante e Agenor abriu um dos volumes das TRUE HOMOSEXUAL EXPERIENCES em que o editor da Gay Sunshine Press reúne os depoimentos que saíam no incorretíssimo fanzine *STRAIGHT TO HELL* de Boyd McDonald. O relato relido por Agenor era o dum leitor que testemunhava: "I've been sucking cock since I was a boy, when my older brother and I used to sleep together. I remember how funky his groin smelled and how big his dick seemed. It took some effort, but I was able to open my mouth wide enough to insert the smooth cut head of his prick and about 2" of his shaft. He never wasted any time with 'fag romancing' (as he called it); he just pulled me over to him in the middle of the night, pushed my head under the covers to his already hard cock and used my mouth as a receptacle for his somewhat sweet cum. Since I lived in fear of my big brother (he was the oldest in a family of 5 boys and 3 girls), he was pretty certain that I wouldn't squeal on him and his shocking activities. I really hated him, but he was usually in charge of baby-sitting me when our parents were out and he would regularly beat the shit out of me so I knew better than to say anything to our parents. He is now a big wheel in law enforcement in Northern Michigan. As time went on he used to order me to suck his balls (the hairs from those balls were forever getting caught in my teeth), lick around his smelly asshole and lick his dick like it was a big hot lollipop. He loved to straddle me while I was laying on my back, stick his prick in my mouth and then pull it out when he was ready to shoot so he could squirt his sticky cum all over my face. Then he told me to wipe it off my face with my hand and eat it. All this (and other refinements) went on EVERY SINGLE NIGHT for two years until we moved into a bigger house and I got my own bedroom. I locked my door. In two whole years of 'servicing' my brother, he never once touched me. [Editor's note: This sounds like an ideal relationship; please tell us more — what was said and done, especially the refinements. It's time we got some refinement in this magazine.]"

— Seu primo passou por isso?

— Passou, mas na situação inversa. Foi o mais novo que abusou dele.

— Ele tinha quantos anos?

— Quando a coisa começou, tinha dezessete. O irmão dele estava com catorze. Vou chamar o caçula de João e o do meio de José.

Eles tinham um terceiro irmão, mas era bem mais velho, dum outro casamento da mãe, que era viúva do primeiro pai e separada do segundo. A família até que não era pobre, já que tanto a mãe quanto o primogênito trabalhavam. Mas o Zé e o Jô só estudavam, e no resto do tempo ficavam à toa. Na rua brincavam com turmas diferentes, cada uma na sua faixa etária. Já em casa brincavam a dois, ou antes, mais brigavam que brincavam. A maior implicância do Zé era com a teimosia do Jô em xeretar nas suas coisas. As gavetas não tinham chave, mas no guarda-roupa enorme cada um dos filhos usava uma porta, e a regra era que nenhum deles abrisse a porta do outro. Na porta do meio ninguém mexia porque era a do mano mais velho, mas as laterais eram sempre motivo de alguma rixa, o dono duma porta acusando o dono da outra porta quando qualquer coisa tava fora do lugar. Principalmente na gaveta dos gibis. Aqui começa a coisa. Sabendo que o Jô ia fuçar ali (mesmo correndo o risco de levar umas biabas), Zé deixou de propósito uma revistinha de saçanagem no meio das outras. Percebe a jogada, Glauco?

— Acho que sim. Ele procurava ao mesmo tempo um motivo pra brigar e pra puxar o assunto proibido. Mas com que intenção?

— Acontece que Zé costumava espionar as punhetas do Jô. A mãe dormia no outro quarto e o irmão mais velho voltava de madrugada, de maneira que, à noite, já de luz apagada, Zé fingia ter pegado no sono enquanto escutava os barulhinhos na cama do Jô: o moleque melava a cueca respirando esbaforido e cochichando frases tremidas tipo "Chupa aí, filha da puta! Engole essa porra!"... Claro que Zé já sentia algum tesão por marmanjos da sua idade, perto dos dezoito, mas não tinha coragem de dar bandeira numa periferia onde ser apontado como bicha significava quase um linchamento. De repente a sexualidade que transpirava do maninho virou uma tentação e uma obsessão pro Zé, mas ele sabia que o único jeito de chegar às vias de fato seria transformar uma das próximas brigas em pretexto pruma negociação direta. Não deu outra: Jô achou a revistinha, viu todas aquelas fotos de paus sendo chupados por putas, de tudo quanto é ângulo, e, quando Zé puxou briga, revidou a acusação com uma ameaça: "Mexi mesmo, e daí? Se encostar a mão em mim conto pra mãe que você guarda essas putarias! E tem mais: daqui pra frente cê não vai mais me dar porrada, não! Tá sacando?". Zé só esperava por isso pra se deixar dominar: "Tudo bem, vai ser como você quiser. Vamos combinar uma coisa: se isso fica só entre nós, topo até participar da sua punheta...". Jô duvidou e desafiou: "Ah, é? Só se for me chupando, que nem aquelas putas da revista!". Aí Zé entregou os pontos: "A gente pode experimentar. Não sei se vou conseguir, mas se der certo...". Quando Jô sacou que Zé não tava brincando, ficou louco pra trocar a mão pela boca do manão. Foi chupado naquela mesma noite, sem sair da cama, enquanto Zé se ajoelhava no chão e começava lambendo as bolas do moleque. No que a língua ia chegando à ponta do pequeno caralho, o cheiro de sebinho ficou mais forte e Zé teve nojo, mas o tesão era mais forte e ele continuou até sentir na língua a superfície lisinha da cabeça no meio da pele fedida que quase não dava pra arregaçar. Aguentou os pedacinhos de sebo derretendo na saliva, tragou a gosma que lhe foi esguichada no fundo do gogó, e acabou se convencendo de que sua tendência seria mesmo de se sujeitar ao ato da felação. Jô gozou sussurrando alguma coisa que Zé não entendeu, mas que já imaginava serem palavras de desforra. Nas sessões seguintes, tipo uma por semana, Jô continuou sem tomar a iniciativa, apenas se entregando ao trabalho bucal do irmão, mas numa noite não esperou que Zé atendesse ao seu chamado do costume ("Tá acordado? Então vem me chupar! Pode começar...") e passou a ditar regras: "Ainda não. Antes de pôr na boca cê vai só bolinando e esperando eu mandar. Primeiro pega na mão e vai segurando de leve. Isso. Agora escuta o que eu vou falar: vou querer todo dia, mas não só aqui na cama. Quero variar de posição, quero ficar em pé e ver você chupando no claro. Outra coisa: na hora que eu tô gozando cê tem que parar de passar a língua na ponta. Espera a porra sair toda, depois engole. Se passar a língua ali naquela horinha, a sensação atrapalha meu gozo...". A partir de então Zé percebeu que o maninho tomava conta da situação e que já se acomodava na posição de mando. Dali em diante seu regime ficou sendo o dum escravo sexual à disposição do moleque: a qualquer momento, desde que ninguém estivesse por perto, podia ser chamado a ficar de joelho em todo lugar da casa, a levar a rola do maninho na boca e a cumprir ordens cada vez mais descaradas, tipo apoiar a cabeça na beira da privada e deixar o mijo do Jô escorrer pela cara, lábios adentro, ou ficar firme enquanto Jô lhe segurava as orelhas pra bombar até a goela na maior empolgação, todo orgulhoso da sua juventude bem aproveitada. Nessas horas o pau do Zé também dava pulos dentro das calças, superando a consciência da vergonha e da raiva pela sensação irresistível do prazer de estar sendo usado. A mistura de vergonha e raiva era porque, entre uma sessão e outra, os dois continuavam se estranhando por quaisquer motivos, e desses atritos só sobrava mais disposição do Jô em "descontar" e do Zé em "pagar o pato" por estar, como ele mesmo reconhecia, "viciado em ser fodido na cara". Já pensou, Glauco?

— Porra, Agenor, só de imaginar já fico de pau duro! Vou ter de pensar nisso na próxima punheta...

— Então vai ter de pensar em mais uns detalhes. Uma vez o Jô resolveu brincar com os limites do nojo daquele mano feito de bobo. Terminou de cagar e nem limpou a bunda: chamou o Zé, que tava ocupado fazendo lição de casa, e mandou deitar no chão do banheiro, de cara pra cima. Zé sentiu o cheiro que vinha da privada e quis recusar, mas recebeu a ordem como uma bofetada: "Deita aí, tô mandando! Anda, deixa de frescura! Quero sua boca debaixo do meu cu! Vai me servir de papel higiênico! Não, não, nada de conversa! Vai lamber meu cu e é já!". Zé sentiu o sangue subir. Era hora de descer o braço naquele folgado e acabar duma vez com tanta falta de respeito. Mas fraquejou, foi tomado pelo delírio da obediência cega e pelo fascínio da molecagem descontrolada. Parou de retrucar e caiu de costas, deixando que Jô lhe montasse no rosto. O moleque até gritava "Iúpi!" quando sentiu a língua do mano entrando por onde a merda tinha acabado de sair, quase a mesma gostosura de se aliviar dum tolete bem molhadinho. O cu piscava de delícia. Resultou daí que Zé teve de descobrir como o masoquismo é praticamente inesgotável... Hoje ele nem tem cara e coragem pra se arriscar nesses excessos, mas ainda lembra da coisa com uma saudade que dá até inveja...

— Eu que o diga! Em matéria de inveja posso me gabar de ser imbatível. Mas preciso saber como terminou a coisa!

— Ah, nada de surpreendente: Jô começou a namorar, a sair com as menininhas mais fáceis... e foi se esquecendo de usar a boca do mano, que por sua vez também foi ficando à vontade pra procurar parceiros mais velhos e pra fazer coisas menos "brincalhonas"...

— Taí, Agenor: incrível como a juventude é descontraída e inconsequente, né mesmo? Basta o cara "amadurecer" um pouco e já deixa de lado essas "loucuras de criança"... Mal sabem os moleques que essa é a maior oportunidade de realizar fantasias na vida da gente! Chances como essa quase nunca se repetem.

— A não ser na literatura, né, Glauco?

Posfácio

A construção da realidade segundo Glauco Mattoso

Boa parte das ciências da linguagem concebe o sentido como construção e não como referência a "coisas" ou "fatos" do mundo suposto real, fazendo com que a realidade, desse ponto de vista, seja o resultado de visões de mundo, que orientam modos de se referir. Assim, a objetividade torna-se efeito de sentido, e não o modo concreto e impessoal de significar as "coisas do mundo".

Tradicionalmente, distingue-se a significação das palavras em denotação e conotação – a primeira é dita objetiva e adequada, reservando-se para a segunda as características de subjetividade e de ser desvio estilístico do uso denotativo. Entretanto, enquanto questões discursivas, e não lexicais – visto que é no discurso, em arranjos entre temas e figuras, que se determina o sentido assumido pelas palavras –, denotação e conotação podem ser entendidas como os limites em que a linguagem funciona entre dois efeitos básicos de sentido, gerando-se dois tipos contrários de articulação da realidade: há discursos referenciais, predominantemente denotativos; e discursos míticos, com predomínio da conotação. Nos discursos referenciais, a linguagem é enfatizada em sua função representativa, em que cabe a ela o papel de construir efeitos de sentido de realidade – nessa função, a linguagem parece refletir o suposto "mundo das coisas reais"; contrariamente, nos discursos míticos, a linguagem é enfatizada em sua função construtiva, em que cabe a ela o papel de construir visões de mundo.

Aplicando essas duas funções da linguagem à construção de romances, é possível sugerir uma tipologia de como a prosa trata as relações entre a ficção e a realidade construída por meio dela. Quando o autor se torna personagem de si mesmo, fazendo com que haja interdiscursividade entre suas obras e os discursos a respeito de sua vida, criam-se efeitos de realidade em que tudo se passa como se a personagem e o autor fossem as mesmas pessoas. Na literatura brasileira contemporânea, o melhor exemplo é o escritor Carlos Alberto Mendes; ex-presidiário, condenado por roubo e assassinato, Carlos Alberto narra na literatura a história de sua vida de crimes e de detento. Em seu primeiro romance, *Memórias de um sobrevivente*, além do predomínio da denotação, a narração é feita como se convenciona chamar sequência linear dos acontecimentos, em que se contam os fatos em ordem cronológica – desse modo, mesmo sendo produtos do discurso e da linguagem, seus textos se confundem com sua vida "real". Joca Reiners Terron, ao contrário, não faz em seus escritos essa relação entre vida e obra; em *Não há nada lá*, seu primeiro romance, são contadas as peripécias dos escritores William Burroughs, Raymond Russel, Torquato Neto, Isidore Ducasse, Arthur Rimbaud, Aleister Crowley e Fernando Pessoa em torno de um cubo de quatro dimensões e da profecia não revelada da Virgem de Fátima. A seu modo, Joca Terron enfatiza a função construtiva da linguagem, criando um mundo mítico dado a existir exclusivamente nas páginas de seu romance. Em seus estudos sobre essa problemática, o teórico da linguagem Jean-Marie Floch propõe chamar à afirmação da função representativa, discurso referencial, e à afirmação da função construtiva, discurso mítico.

Há, no entanto, mais duas possibilidades de construção da realidade por meio do discurso. Um romancista pode iniciar suas histórias de modo semelhante ao regime adotado por Carlos Alberto Mendes e articular a realidade de acordo com a função representativa da linguagem; contudo, a qualquer momento, pode negar a adequação construída entre a linguagem e a representação do mundo, e introduzir incoerências nessa relação que orientam o discurso rumo ao absurdo. Ainda entre os prosadores da literatura brasileira contemporânea, Lourenço Mutarelli utiliza esse processo nos três primeiros romances escritos por ele; tanto em *O cheiro do ralo* quanto em *O natimorto* e *Jesus Kid* as personagens iniciam suas peripécias em meio à suposta realidade tomada como verdadeira, todavia, em poucos capítulos, já são introduzidas passagens capazes de negar esse ponto de vista. Em *O natimorto*, por exemplo, a partir de avisos e fotografias de que fumar faz mal à saúde, impressos em maços de cigarro, o narrador elabora um novo tarô, com o qual passa a nortear sua vida. Por fim, na negação da função construtiva da linguagem, contrariamente, o autor parte do universo dito fictício para introduzir elementos capazes de negar seu estatuto de invenção e mito. Esses são os recursos literários que, basicamente, Glauco Mattoso e Marcelo Mirisola utilizam em suas literaturas; em muitas passagens d'*O azul do filho morto*, de Mirisola, o autor parte da desconstrução de mitos da televisão brasileira da década de 1970. Ainda com base nas propostas de J. M. Floch, chama-se à negação da função representativa, discurso oblíquo, e à negação da função construtiva, discurso substancial.

Concentrando-se na obra de Glauco Mattoso, embora o escritor faça com que sua literatura surja complexificada com as histórias de sua vida, sugerindo a presença da "realidade" na ficção – basta citar o tratado autobiográfico *Manual do podólatra ama-*

dor: *aventuras & leituras de um tarado por pés* e grande parte de seus sonetos –, a leitura atenta revela um autor que insiste, antes de tudo, em discursos substanciais. Todavia, na medida em que a função substancial nega a função mítica na linguagem, cabe indagar quais mitologias Glauco escolhe negar segundo a realidade que pretende construir em suas prosas e poesias, e com que valores ele faz essa negação.

Publicado em 2005, o romance *A planta da donzela* é inspirado explicitamente no romance *A pata de gazela*, de José de Alencar. Considerado o melhor romancista do século XIX, inclusive por Machado de Assis, Alencar é bem menos recatado do que leituras, muitas vezes apressadas e desatentas, feitas durante a adolescência, parecem encaminhar. Tematizando a sexualidade quase tanto quanto Glauco Mattoso, há na prosa de Alencar homens rústicos cujas primeiras companheiras são do mundo animal – Manuel Canho, d'*O gaúcho*, e sua égua Morena, ou Arnaldo, d'*O sertanejo*, e sua onça malhada –, poligamia – Ubirajara tem duas esposas, Araci e Jandira –, sexo regado a drogas alucinógenas – Iracema faz amor com Martim após beberem o caldo da jurema –, cenas de sexo bastante picantes – *Lucíola* –, belíssimas descrições de orgasmos – *Encarnação* –, mulheres dominadoras – Emília, de *Diva*, e Aurélia Camargo, de *Senhora* – e podolatria explícita – *A pata da gazela*. José de Alencar, porém, constrói a realidade de seus romances em função do imitativo elevado, próprio de obras do romantismo; seus heróis e heroínas ou são essencialmente "bons", ou mostram-se assim, revelando que suas eventuais vilanias seriam da ordem do parecer. Manuel Canho e Arnaldo terminam envolvidos com mulheres, respectivamente Catita e Flor; a poligamia de Ubirajara se justifica nas dinastias indígenas fundadas por ele; as ações de Iracema e Martim são justificadas pela mitologia luso--silvícola inaugurada pelo casal; Lúcia encontra sua redenção na morte, enquanto Emília e Aurélia, no casamento, assim como o par romântico de *Encarnação*; em *A pata da gazela*, Horácio, o ávido podólatra, é preterido por Amélia, a dona dos pés disputados, que, mesmo com suas futilidades de moça, escolhe casar-se com Leopoldo, o qual não deixa de ter por prêmio, no final do romance, os pés delicados da esposa. Valendo-se das mesmas personagens, Glauco Mattoso desenvolve, em *A planta da donzela*, uma trama bastante diferente daquela de Alencar: dos salões das casas de família, a história se desloca para clubes sadomasoquistas da época do império; Leopoldo se envolve com Laura, prima de Amélia, que de personagem secundária no texto original torna-se ativista de um daqueles clubes, iniciando Leopoldo nas práticas SM; Amélia permanece fútil ao longo do texto, casando-se com Caio de Azevedo Camargo – um galo de ovos de ouro, como descreve o próprio Glauco; Horácio termina só, após fazer o papel de submisso perante Leopoldo em uma das reuniões daquele seleto grupo; a podolatria, que já é bastante explícita no romance de Alencar, é estendida aos pés das demais personagens além dos de Amélia. Todavia, embora negue o imitativo alto de José de Alencar, Glauco não deriva, como se poderia falsamente concluir, em razão da convocação do sadomasoquismo e da podolatria, para o imitativo baixo, próprio de estéticas como o naturalismo, também do século XIX – em outras palavras, Glauco não rebaixa suas personagens revelando pessoas perversas por trás de pessoas aparentemente nobres, apenas as substancializa tornando-as mais humanas e menos romanescas. Para tanto, as personagens se valem de suas práticas sexuais, que, do ponto de vista justificado na obra, não constituem defeitos ou desvios de conduta, como faz Alencar quando diagnostica o comportamento fetichista de Horácio; salvos pelo prazer, Leopoldo e Laura têm um final feliz regado a podolatria e sadomasoquismo.

A dor e o prazer, entretanto, nem sempre são consensuais na literatura mattosiana; nem sempre o sadomasoquismo é partilhado entre os praticantes da arte, como no clube de Laura; às vezes, há bastante desigualdade entre os envolvidos, como se pode ler em *Delatado, soneto 584*:

Atado ao pau de arara, o preso aguarda
que todos se acomodem. Se depara
ali o mesmo informante que o dedara.
Alguns vêm à paisana, outros de farda.

Início da sessão. Alguém não tarda
a rir do torturado, cuja cara
contorce-se em esgares. A taquara
penetra-lhe no cu, que se acovarda.

A certa altura, todos tomam parte,
tirando uma casquinha. O eletrochoque
funciona em cada mão, até que farte.

Na boca o prisioneiro sente o toque
do tênis do cagueta, o que mais arte
revela quando um rosto chute ou soque.

Antes de tudo, em se tratando de substancializar articulações míticas da realidade, o uso do soneto já encaminha, nas formas da expressão do texto, o que o poeta faz nas formas de conteúdo. Comumente convocado a manifestar conteúdos elevados, muitos poetas nobilitaram o soneto, como Dante, Shakespeare, Petrarca, Camões, Gregório de Matos, Bocage ou Antero de Quental, e muitos deles, desmitificando-o, também já o utilizaram em temas fesceninos e escatológicos, como Gregório e Bocage, contudo, embora Glauco possa ser colocado entre os dois últimos, ele é o primeiro, senão o único, a tematizar no soneto, com tanta intensidade, a cultura SM vinculada à podolatria. O soneto *Delatado* é um bom exemplo dessa tematização; nele enquanto alguém é espancado, preso ao pau de arara, outros sentem prazer, inclusive em humilhar a vítima colocando o pé em sua boca.

Os versos de *Delatado*, ainda, ratificam a afirmação anterior de que Glauco não resvala, em seu discurso substancial, para naturalismos. Implicitamente ambientada em uma delegacia – pois no Brasil da ditadura militar, era em delegacias que esse tipo de tortura acontecia –, a cena do espancamento com sodomia e eletrochoque teria tudo para resvalar em imitativos baixos; o soneto, porém, vai além disso. Os versos causam impacto, mas não apenas porque denunciam a quase oficialização da prática da tortura no Brasil; isso já foi feito antes, e muitas vezes. Entre as melhores variações do tema, Júlio Bressane mostra a tortura em *Matou a família e foi ao cinema*, Roberto Farias, em *Pra frente, Brasil* e em *Lúcio Flávio, o passageiro da agonia* – no último filme, o torturado não é preso político, trata-se de um suposto bandido, como parece ser o caso do delatado no soneto de Glauco. Surpreendentemente, em seu discurso substancial, Glauco Mattoso redimensiona os valores da opressão e transforma a realização nefasta da tortura em prazer sadomasoquista; longe do SM *sem medo*, de Wilma Azevedo, o de Glauco Mattoso está baseado na desigualdade, se feito contra a vontade, melhor; complexificando o tema, o *soneto 584* exalta e mostra a exaltação da tortura, seu impacto está no prazer erótico que reveste uma prática supostamente hedionda.

De volta à prosa, em *Mundo cadela*, o primeiro conto do volume *Contos hediondos*, editado em 2009, Glauco tematiza a prática da tortura de modo semelhante ao soneto *Delatado*. No texto, inspirado em um noticiário de TV, narram-se as desventuras de duas adolescentes, moradoras de favela, mantidas em cárcere privado por cerca de vinte elementos do sexo masculino, todos marginais; vítimas de estupro, espancamento e tortura, uma delas viu a outra ser assassinada. Glauco sugere que os torturadores nada mais fizeram do que perpetuar uma prática já conhecida por eles em suas passagens pela polícia; em várias passagens do conto, o narrador descreve os abusos do ponto de vista da relação dominador-dominado, própria dos ritos SM, nos limiares de justificar a relação formada entre os bandidos e as vítimas por meio das tensões entre a dor e o prazer.

Por fim, em *Tripé do tripúdio e outros contos hediondos*, Glauco desenvolve sua literatura na mesma deriva discursiva, que, ao que tudo indica, marca toda a obra do escritor. Em "A noite do porteiro", para dar apenas um exemplo, a interdiscursividade se dá com o polêmico filme de Liliana Cavani, *O porteiro da noite*, que narra a complexa história de amor, com viés sadomasoquista, entre um nazista, ex-oficial de um campo de concentração, e uma das prisioneiras do campo, que se reencontram em um hotel em Viena, treze anos depois do fim da guerra, onde ele trabalha como porteiro. Longe da crise entre a metafísica do amor e a "ética" nacional-socialista tematizada por Cavani, Glauco substancializa o mundo mítico construído por Lucia e Maximilian – o casal do filme – nos devaneios podólatras em torno dos pés mal cheirosos de Odair, um porteiro qualquer.

Para concluir, essa construção da realidade segundo Glauco Mattoso, que substancializa mitos via seu modo podólatra-sadomasoquista de ler as significações dadas às coisas do mundo, talvez seja o melhor modo de gostar de sua obra. Longe dos belos temas, assim como é difícil gostar do Marquês de Sade, parece difícil apreciar uma literatura marcada pela tortura, e não pela carícia, e por pés na maioria sujos e grosseiros, ao invés de pés suaves e delicados.

Entretanto, o que pareceria mera pornografia, gerada em textos aptos antes ao onanismo, torna-se literatura nas tensões que Glauco estabelece entre seus textos e os cânones literários e de outras artes. Conhecedor da teoria literária – na área acadêmica, Glauco é também autor do *Tratado de versificação* mais completo já escrito em língua portuguesa –, Glauco Mattoso coloca seu entusiasmo erótico em função da depuração minuciosa dos versos, quando faz poesia, e das frases, quando faz prosa.

Antonio Vicente Seraphim Pietroforte

Sobre o posfaciador

Antonio Vicente Seraphim Pietroforte nasceu em São Paulo (SP), em 1964. É formado em português e linguística pela Universidade de São Paulo, pela qual é mestre, doutor e livre-docente. Desde 2002, leciona no Departamento de Linguística e atua nos cursos de graduação em letras e de pós-graduação em semiótica e linguística geral da USP. É autor de *Semiótica visual – Os percursos do olhar* (Contexto, 2004), *Análise do texto visual – A construção da imagem* (Contexto, 2007), *Tópicos de semiótica – Modelos teóricos e aplicações* (Annablume, 2008), *Análise textual da história em quadrinhos – Uma abordagem semiótica da obra de Luiz Gê* (Annablume/FAPESP, 2009), *Enunciação e tensividade – A semiótica na batida do samba* (Annablume/FAPESP, 2010), *O discurso da poesia concreta – Uma abordagem semiótica* (Annablume/FAPESP, 2011). Ficcionista e poeta, publicou *Amsterdã* SM (romance, DIX, 2007); *O retrato do artista enquanto foge* (poemas, DIX, 2007); *Papéis convulsos* (contos, DIX, 2008); *Palavra quase muro* (poemas, Demônio Negro, 2008); *Concretos e delirantes* (poemas, Demônio Negro, 2008); *Irmão Noite, irmã Lua* (romance, DIX, 2008); *M(ai)S – Antologia sadomasoquista da literatura brasileira* (prosa e poesia, DIX, 2008), organizada em parceria com Glauco Mattoso; *Fomes de formas* (poemas, Demônio Negro, 2008), em parceria com Paulo

Scott, Marcelo Montenegro, Delmo Montenegro, Marcelo Sahea, Thiago Ponde de Morais, Luís Venegas e Caco Pontes; A musa chapada (poemas, Demônio Negro, 2008), em parceria com Ademir Assunção e o artista plástico Carlos Carah; Os tempos da diligência (poemas, E Editorial, 2009); Menthalos, em parceria com o artista plástico Jozz (história em quadrinhos, E Editorial, 2010); O livro das músicas (poemas, E Editorial, 2010); Sara sob céu escuro (romance, E Editorial, 2011).

Cronologia

1951 – Pedro José Ferreira da Silva nasce no bairro da Lapa em São Paulo (SP), no dia 29 de junho. Apresenta quadro congênito de glaucoma. A partir de 1974, adotaria o pseudônimo "Glauco Mattoso", trocadilho com "glaucomatoso", palavra que designa os portadores da doença, além de aludir ao poeta Gregório de Matos Guerra.
1955 – Nasce Paulo, irmão do autor.
1956 – Reside com a família no bairro da Mooca.
1957 – A família se muda para a Vila Invernada, em torno da avenida Sapopemba.
1958-1961 – Cursa o primário nas Escolas Agrupadas Leonor Mendes de Barros.
1959 – Passa por cirurgia ocular no Hospital das Clínicas. Poucos anos depois, o procedimento se revela infrutífero.
1960 – Nasce seu irmão caçula, Luiz Augusto.
1963-1966 – Cursa o ginásio no Colégio Estadual Stefan Zweig.
1967-1969 – Cursa o clássico no Colégio Estadual Alexandre Gusmão, no Ipiranga, onde é introduzido aos estudos de latim e filosofia.
1968 – Trabalho temporário no banco Itaú.
1969 – É aprovado em concurso público como bancário no Banco do Brasil.

1970-1972 – Estuda biblioteconomia e recebe o título de bacharel pela Escola de Sociologia e Política de São Paulo.

1972 – Passa pela segunda cirurgia ocular, que também se revelaria infrutífera poucos anos depois. Perde a visão do olho direito.

1973-1975 – Estuda letras vernáculas na Faculdade de Filosofia, Letras e Ciências Humanas da Universidade de São Paulo, mas não chega a concluir o curso.

1974 – Em Belo Horizonte (MG), passa pela terceira cirurgia ocular, que apresenta o mesmo resultado das anteriores. Escreve o poema "Kaleidoscopio", no qual usa pela primeira vez a ortografia etimológica que adotará décadas depois. Do mesmo poema resulta seu *nom de plume*.

1975 – Publica *Apócrifo Apocalipse* (poesia). Participa do grupo de teatro amador Soma.

1976 – *Maus modos do verbo* (poesia). Muda-se para o Rio de Janeiro (RJ) onde trabalha como bibliotecário do Banco do Brasil. Colabora com o jornal *Tribuna da Imprensa*.

1977 – Organiza, com Nilto Maciel, a obra *Queda de braço: uma antologia do conto marginal*. Visita Montevidéu (Uruguai) e Buenos Aires (Argentina).

1977-1981 – Edita o *Jornal Dobrabil* (trocadilho com *Jornal do Brasil*), o primeiro fanzine poético-panfletário do país. Colabora no tabloide *Lampião da Esquina*, juntamente com um círculo de intelectuais liderados por Aguinaldo Silva, em torno do qual se formaria o grupo Somos, primeira ONG gay brasileira. Sugere o nome oficialmente adotado pelo grupo: Somos – Grupo de Afirmação Homossexual.

1980 – Palestra sobre poesia experimental pós-concretismo aos pós-graduandos de linguística da Pontifícia Universidade Católica de Campinas.

1981 – Publica *O que é poesia marginal* (ensaio). Passa pela quarta cirurgia ocular, também sem resultados.

1982 – Edita a Revista *Dedo Mingo*, suplemento do *Jornal Dobrabil*. Publica *Memórias de um pueteiro* e *Línguas na papa* (ambos poesia). Inicia sua colaboração no *Pasquim*. Afilia-se à União Brasileira de Escritores.

1983 – Contos traduzidos para o inglês nos Estados Unidos. Estreia nos quadrinhos com roteiro para desenhos de Angeli na revista baiana *Código*. Torna-se patrono literário da casa noturna Madame Satã.

1984 – Publica o ensaio *O que é tortura*. É citado por Caetano Veloso na letra da canção "Língua". É publicado em Portugal, na antologia *Pornex: textos teóricos e documentais de pornografia experimental portuguesa*. O *Jornal Dobrabil* é analisado na *Arte em Revista*, em artigo de João Adolfo Hansen.

1985 – Publica o ensaio *O calvário dos carecas: história do trote estudantil* e escreve o romance *Manual do podólatra amador*. Palestra sobre estética urbana no Madame Satã. Alguns poemas aparecem em tradução urugaia.

1986 – Palestra na Universidade Federal da Bahia sobre ética e estética.

1987 – Começa sua colaboração no gibi *Chiclete com Banana*, de Angeli. É tema dos programas de Hebe Camargo e Sílvio Luiz na TV. Escreve no *Estadão* e na *Folha da Tarde*.

1988 – *A estrada do rockeiro* (ensaios) e *Rockabillyrics* (poesia).

1989 – *Limeiriques e outros debiques glauquianos* (poesia). Edita, com Marcatti e Lourenço Mutarelli, o gibi *Tralha*.

1990 – *As aventuras de Glaucomix, o podólatra* (quadrinhos com ilustrações de Marcatti) e *Dicionarinho do palavrão* (dicionário bilíngue). Compõe suas primeiras letras de rock, em parceria com Luiz Thunderbird. Passa pela quinta cirurgia ocular infrutífera.

1991 – É aposentado de seu cargo no Banco do Brasil por invalidez. Debate sobre poesia contemporânea na Universidade Estadual de Campinas e sobre trote estudantil na Escola Superior de Agronomia Luiz de Queiróz da Universidade de São Paulo, em Piracicaba.
1992 – *Haikais paulistanos* (poesia). Com a progressão do glaucoma, abandona a criação gráfica e se dedica a escrever letras de música e à produção fonográfica, associado, dois anos depois, ao selo independente Rotten Records.
1993 – Passa pela sexta cirurgia ocular infrutífera. Visita Londres (Inglaterra) e Madri (Espanha). Traduz a obra de George Marshall sob o título *A bíblia do skinhead*.
1994 – Sua obra é objeto de estudo na Arizona State University e na University of New Mexico (Estados Unidos).
1995 – Passa pela sétima cirurgia ocular. É acometido pela cegueira total. Publica no caderno "Mais" da *Folha de S. Paulo* poemas gays escritos em espanhol sob o pseudônimo Garcia Loca.
1997 – Palestra sobre homossexualidade e maldição literária no Centro Universitário Maria Antônia, da Universidade de São Paulo.
1998 – Publica, em parceria com Jorge Schwartz, tradução de *Fervor de Buenos Aires*, obra de estreia de Jorge Luis Borges.
1999 – Vence, ao lado de Jorge Schwartz, o prêmio Jabuti na categoria "melhor tradução" por *Fervor de Buenos Aires*. É entrevistado por Steven Butterman para pesquisa da Universidade de Wisconsin (Estados Unidos). Com o advento da internet e da computação sonora, volta a produzir literatura. Publica *Centopeia: sonetos nojentos & quejandos*, *Paulisseia ilhada: sonetos tópicos* e *Geleia de rococó: sonetos barrocos*, todos livros de poesia.

2000 – Publica *Panaceia: sonetos colaterais* (poesia).
2001 – Participa de recital e debate com os calouros do curso de letras da Universidade de São Paulo. Vários artistas, como o grupo punk Inocentes e os cantores Arnaldo Antunes e Humberto Gessinger, fazem versões musicais para os sonetos do autor. O resultado é o disco *Melopeia: sonetos musicados*. Seu "Soneto futebolístico" é incluído na antologia *Os cem melhores poemas brasileiros do século*, organizada por Ítalo Moriconi.
2002 – *Galeria alegria*, coletânea dos poemas assinados pelo heterônimo Garcia Loca.
2003 – Publica *Contos familiares: sonetos requentados* e *O glosador motejoso* (ambos poesia). É lançada no Chile a antologia de poemas *20 sonetos netos y un poema desparramado*.
2004 – Publica no Brasil as obras de poesia *Cavalo dado: sonetos cariados*; *Poesia digesta: 1974-2004*; *Pegadas noturnas: dissonetos barrockistas*; *Poética na política: cem sonetos panfletários*; *Cara e coroa, carinho e carão*; *Animalesca escolha* e *Peleja do ceguinho Glauco com Zezão Pezão*. Na Argentina é publicado *Delírios líricos* (poesia).
2005 – Publica o romance *A planta da donzela*, releitura do romance *A pata da gazela*, de José de Alencar.
2007 – Publica as obras poéticas *A bicicleta reciclada*; *A maldição do mago marginal*; *Peleja virtual de Glauco Mattoso com Moreira de Acopiara*; *Faca cega e outras pelejas sujas* e *A aranha punk*.
2008 – Publica *As mil e uma línguas*; *A letra da lei*; *Cancioneiro carioca e brasileiro* (todos poesia). Completa dois mil e trezentos sonetos, superando a marca de dois mil duzentos e setenta e nove do italiano Giuseppe Belli (1791-1863) e tornando-se o recordista mundial em número de sonetos. Organiza, com Antonio Vicente Seraphim Pietroforte, a *Antologia sadomasoquista da literatura brasileira*.

2009 – Recusa-se a aderir ao novo acordo ortográfico da língua portuguesa. Adota a escrita anterior a 1943. Publica *Contos hediondos* (contos); *Malcriados recriados: sonetário sanitário*; e *Cinco ciclos e meio século* (poesia).

2010 – Publica *Tratado de versificação* (obra de referência) e *Callo à bocca* (poesia).

Bibliografia

I. DO AUTOR

Apócrifo Apocalipse (poesia), 1975
Maus modos do verbo (poesia), 1976
Jornal Dobrabil: 1977/1981 (poesia e prosa), 1981, reeditado em 2001
O que é poesia marginal (ensaio), 1981
Revista Dedo Mingo (poesia e prosa), 1982
Memórias de um pueteiro (poesia), 1982
Línguas na papa (poesia), 1982
O que é tortura (ensaio), 1984, reeditado em 1986
O calvário dos carecas: história do trote estudantil (ensaio), 1985
Manual do podólatra amador (romance), 1986, reeditado em 2006
A estrada do rockeiro (ensaio), 1988
Rockabillyrics (poesia), 1988
Limeiriques e outros debiques glauquianos (poesia), 1989
As aventuras de Glaucomix, o podólatra (quadrinhos), 1990
Dicionarinho do palavrão (dicionário bilíngue), 1990, reeditado em 2005
Haicais paulistanos (poesia), 1992, reeditado em 1994
Centopeia: sonetos nojentos & quejandos (poesia), 1999
Paulisseia ilhada: sonetos tópicos (poesia), 1999
Geleia de rococó: sonetos barrocos (poesia), 1999

Panaceia: sonetos colaterais (poesia), 2000
Melopeia: sonetos musicados (disco), 2001
Galeria Alegria (poesia), 2002
Dono meu: sonetos eróticos de Salvador Novo (poesia traduzida), 2002
Contos familiares: sonetos requentados (poesia), 2003
O glosador motejoso (poesia), 2003
20 sonetos netos y un poema desparramado (poesia), 2003, no Chile
Cavalo dado: sonetos cariados (poesia), 2004
Poesia digesta: 1974-2004 (poesia), 2004
Pegadas noturnas: dissonetos barrockistas (poesia), 2004
Poética na política: cem sonetos panfletários (poesia), 2004
Cara e coroa, carinho e carão (poesia), 2004
Animalesca escolha (poesia), 2004
Delirios líricos (poesia), 2004, na Argentina
Peleja do ceguinho Glauco com Zezão Pezão (poesia), 2004
A planta da donzela (romance), 2005
A bicicleta reciclada (poesia), 2007
A maldição do mago marginal (poesia), 2007
Peleja virtual de Glauco Mattoso com Moreira de Acopiara (poesia), 2007
Faca cega e outras pelejas sujas (poesia), 2007
A aranha punk (poesia), 2007
As mil e uma línguas (poesia), 2008
A letra da lei (poesia), 2008
Cancioneiro carioca e brasileiro (poesia), 2008
Malcriados recriados: sonetário sanitário (poesia), 2009
Cinco ciclos e meio século (poesia), 2009
Contos hediondos (contos), 2009
Tratado de versificação (obra de referência), 2010
Callo à bocca (poesia), 2010

II. SOBRE O AUTOR

Livros

BRITTO, Jomard Muniz de. *Bordel Brasilírico Bordel: antropologia ficcional de nós mesmos*. Recife: Comunicarte, 1992, passim.
BUTTERMAN, Steven F. *Perversions on parade: Brazilian literature of transgression and postmodern anti-aesthetics in Glauco Mattoso*. San Diego: Hyperbole Books [San Diego State University Press], 2005.
WANKE, Eno Teodoro. *Diário de estudante*. Rio de Janeiro: Edições Plaquette, 1995, passim.

Artigos em livros

AZEVEDO, Wilma. "Podofilia ou pedolatria?". In: *Sadomasoquismo sem medo*. São Paulo: Iglu, 1998, pp. 147-150.
BRITTO, Jomard Muniz de. "Duas personas em G". In: *Outros Orfeus*. Rio de Janeiro: Blocos, 1995, pp. 51-59.
BUENO, Alexei. *Uma história da poesia brasileira*. Rio de Janeiro: G. Ermakoff Casa Editorial, 2007, p. 400.
FERNANDES, Millôr. "Glauco, onde estiver". In: *Apresentações*. Rio de Janeiro: Record, 2004, pp. 229-231.
FOSTER, David William. "Some proposals for the study of Latin American gay culture". In: *Cultural diversity in Latin American literature*. Albuquerque: University of New Mexico Press, 1994, pp. 25-71.
KAC, Eduardo. *Luz & letra: ensaios de arte, literatura e comunicação*. Rio de Janeiro: Contracapa, 2004.
KAPLAN, Sheila. "Visualidade, anos 70". In: Mello, Maria Amélia (org.), *Vinte anos de resistência: alternativas da cultura no regi-*

me militar. Rio de Janeiro: Espaço e Tempo, 1986, pp. 121-135.

LOPES, Denilson. *O homem que amava rapazes e outros ensaios*. Rio de Janeiro: Aeroplano, 2002, pp. 137-139.

LUNA, Jayro. "Os sonetos de Glauco". In: *Caderno de anotações*. São Paulo: Oportuno, 2005, pp. 82-94.

MÍCCOLIS, Leila. "As diversas manifestações da cultura alternativa". In: *Antologia Prêmio Torquato Neto*, ano 1. Rio de Janeiro: Centro de Cultura Alternativa/Rioarte, 1983, pp. 73-101.

_____. "O movimento homossexual brasileiro organizado: esse quase desconhecido". In: MÍCCOLIS, Leila & DANIEL, Herbert, *Jacarés e lobisomens: dois ensaios sobre a homossexualidade*. Rio de Janeiro: Achiamé, 1983, pp. 96-114.

_____. (org.). *Catálogo de imprensa alternativa*. Rio de Janeiro: Rioarte, 1986, p. 55 [verbete referente ao *Jornal do Brasil*]

_____. "Literatura inde(x)pendente". In: MELLO, Maria Amélia (org.), *Vinte anos de resistência: alternativas da cultura no regime militar*. Rio de Janeiro: Espaço e Tempo, 1986, pp. 61-80.

_____. *Do poder ao poder: as alternativas na poesia e no jornalismo a partir de 1960*. Porto Alegre: Tchê!, 1987, passim.

_____. "Glauco Mattoso: um pejoso sibarita". In: COUTINHO, Luiz Edmundo Bouças & MUCCI, Latuf Isaías (orgs.), *Dândis, estetas e sibaritas: ensaios críticos*. Rio de Janeiro: Confraria do Vento, 2006, pp. 213-224.

MORICONI, Italo. *Como e por que ler a poesia brasileira do século XX*. Rio de Janeiro: Objetiva, 2002, pp. 129 e 134.

OLIVEIRA, Nelson de. "No porão, sem luz nem rima: o vidente cego". In: *O século oculto e outros sonhos provocados*. São Paulo: Escrituras, 2002, pp. 93-96.

PAES, José Paulo. "Erudito em grafito". *Os perigos da poesia e outros ensaios*. Rio de Janeiro: Topbooks, 1997, pp. 62-64.

PEDROSA, Celia & CAMARGO, Maria Lucia de Barros (orgs.). *Poesia* e contemporaneidade: leituras do presente. Chapecó, SC: Argos, 2001, passim.

PERLONGHER, Néstor. "El deseo de pie". In: *Prosa plebeya: ensayos 1980-1992*. Buenos Aires: Colihue, 1997, pp. 103-111.

_____. "O desejo de pé". In: MATTOSO, Glauco, *Manual do podólatra amador: aventuras & leituras de um tarado por pés*. São Paulo: Expressão, 1986, pp. 163-176.

PIGNATARI, Décio. "Televisão dobrábil". In: *Signagem da televisão*. São Paulo: Brasiliense, 1984, pp. 24-25.

PINTO, Manuel da Costa. *Literatura brasileira hoje*. São Paulo: Publifolha, 2004, pp. 48-50. (Coleção Folha Explica, 60)

_____. (org.). *Antologia comentada da poesia brasileira do século 21*. São Paulo: Publifolha, 2006, pp. 275-277.

RIBEIRO, Leo Gilson. "Prefácio". In: MATTOSO, Glauco, *Manual do podólatra amador: aventuras & leituras de um tarado por pés*. São Paulo: Expressão, 1986, pp. 5-7.

SALGUEIRO, Wilberth Claython Ferreira. *Forças & formas: aspectos da poesia brasileira contemporânea (dos anos 70 aos 90)*. Vitória: Edufes, 2002, passim.

_____. *Lira à brasileira: erótica, poética, política*. Vitória: Edufes, 2007, passim.

SOUZA, Roberto Acízelo de. "A face proibida do ultrarromantismo: a poesia obscena de Laurindo Rabelo". In: ROCHA, Fátima Cristina Dias (org.), *Literatura brasileira em foco*. Rio de Janeiro: Editora da UERJ, 2003, pp. 129-139.

TREVISAN, João Silvério. "Essas histórias de amor maldito". In: *Devassos no paraíso*. São Paulo: Max Limonad, 1986, pp. 148-159. (Coleção Políticas do Imaginário); Rio de Janeiro: Record, 2000, pp. 250-273 (edição revista e ampliada).

_____. "The ambiguous art of being ambiguous". In: *Perverts in paradise*. Londres: GMP, 1986, pp. 90-132.

Artigos em periódicos

ACOPIARA, Moreira de. "O novo cordel". *Laboratório de poéticas*, Diadema, São Paulo, n° 4, outono de 2008, pp. 68-70.
ALBANO, Mauro. "Geração mimeógrafo". *Esquinas de SP*, São Paulo, n° 19, set. 1999, p. 37.
ALENCAR, Marcelo, "No pé em que as coisas estão, o melhor do ano". *O Estado de S. Paulo*, São Paulo, 12/9/1990. Caderno 2, p. 4. [resenha de *Glaucomix*]
ALMEIDA, Márcio. "Rockabillyrics". *Estado de Minas*, Belo Horizonte, 11/8/1988. [resenha de *Rockabillyrics*]
ALMEIDA, Miguel de. "Mattoso, uma poética radical voltada para o pé". *Folha de S.Paulo*, São Paulo, 24/1/1986, p. 63. [resenha de *Manual do podólatra amador*]
ALMEIDA, Suzete de. "O trote, um ritual sadomasoquista". *Folha da Tarde*, São Paulo, 29/10/1985, p. 16. [resenha de *O calvário dos carecas*]
_____. "Profissão: poeta". *Shopping News*, São Paulo, 1/10/1989, p. 60.
ALVES, Franklin. "De poucos para muitos: as três antologias de Glauco Mattoso". *Grumo*, Buenos Aires, n° 3, jul. 2004, pp. 172-173.
AMÂNCIO, Moacir. "Equívocos poéticos da década passada". *Folha de S.Paulo*, São Paulo, 1/11/1981. [resenha de *O que é poesia marginal*]
_____. "O mote é o trote". *Jornal da Tarde*, São Paulo, 16/12/1985, p. 30. [resenha de *O calvário dos carecas*]
AMÉRICO, José. "O que é tortura". *O Cometa Itabirano*, Itabira, Minas Gerais, n° 71, 9/10/1984. [resenha de *O que é tortura*]
ANJOS, Márvio dos. "Antologia traça histórico da poesia pornô". *Folha de S.Paulo*, São Paulo, 17/7/2004. Caderno Ilustrada, p. E3.
AQUINO, Marçal. "Discutindo gírias, vícios e erros de nossos papos diários". *Jornal da Tarde*, São Paulo, 29/4/1988, p. 16.
_____. "Para xingar em dois idiomas". *Jornal da Tarde*, São Paulo, 3/7/1989, p. 2.

ARRUDA, Antonio. "Todos têm, em algum grau, o seu fetiche". *Folha de S.Paulo*, São Paulo, 6/6/2002. Caderno Folha Equilíbrio, pp. 8-11.
ASCHER, Nelson. "Marginália marginal". *Corpo Extranho*, São Paulo, n° 3, jan.-jun. 1982, pp. 162-171.
ATHAYDE, Felix de. "Marginal nem nada. Espia." *Jornal do Brasil*, Rio de Janeiro, 24/10/1981, p. 10. [resenha de *O que é poesia marginal*]
ATTWATER, Juliet. "Perhappiness: the art of compromise in translating poetry, or 'steering betwixt two extremes'". *Cadernos de Tradução*, Florianópolis, n° 15, 2005/1, pp. 121-143. [contendo o "Soneto sonoro" e suas traduções; artigo para esta publicação semestral da Pós-Graduação em Estudos da Tradução do Centro de Comunicação e Expressão da Universidade Federal de Santa Catarina]
AUGUSTO, Paulo. "O estranho sabor da geleia literária". *Diário de Natal*, Natal, 6/2/2000. Caderno Muito, p. 1. [resenha de *Geleia de rococó*]
AUGUSTO, Sérgio. "Quando 's.o.s.' não é um pedido de ajuda". *Folha de S.Paulo*, São Paulo, 3/11/1990. Caderno Letras, p. F1. [resenha de *Dicionarinho do palavrão*]
ÁVILA, Carlos. "Poesia marginal?". *Estado de Minas*, Belo Horizonte, 14/11/1981. [resenha de *O que é poesia marginal*]
BARBOSA FILHO, Hildeberto. "Glauco Mattoso, outra vez, outra voz". *O Norte*, João Pessoa, 27/2/2000, p. C2. [resenha de *Geleia de rococó*]
BARREIRO, José Enrique. "Glauco Mattoso: ética não combina com estética". *A Tarde*, Salvador, 18/10/1986. Caderno 2, p. 1.
BARROS, Carlos Juliano. "Letras irreverentes". *Problemas Brasileiros*, São Paulo, ano XLIII, n° 371, set.-out. 2005, pp. 46-49.
BASTOS, Cristiano. "Perversões e arte". *Aplauso*, Porto Alegre, ano 4, n° 34, 2001, pp. 44-50.
BERNARDO, Gustavo. "O fetiche da ficção". *Jornal do Brasil*, Rio de Janeiro, 19/11/2005. Caderno Ideias, p. 1. [resenha de *A planta da donzela*]

BILHARINHO, Guido. "Independentes, marginais ou alternativos (década de 70)". *Dimensão – Revista de Poesia*, Uberaba, ano IV, n° 7, 2° semestre de 1983, pp. 36-39. (número especial I, "Poesia brasileira, século XX: breve notícia documentada")
BONASSI, Fernando. "Glauco Mattoso une música à inteligência". *Folha de S.Paulo*, São Paulo, 21/7/2001. Suplemento Ilustrada, p. 5. [resenha de *Melopeia*]
BONVICINO, Régis. "Bricoleur brincalhão". *Leia Livros*, São Paulo, ano V, n° 55, mar. 1983, p. 3. [resenha de *Memórias de um pueteiro*]
_____. "Poesia visual anda perto da saturação". *Folha de S.Paulo*, São Paulo, 4/6/1988, p. D3. [resenha de *Rockabillyrics*]
BRANCO, Virgílio. "Glauco Mattoso faz dicionário bilíngue para os indignados". *Diário do Grande ABC*, Santo André, 6/10/1990. Caderno B, p. 8. [resenha de *Dicionarinho do palavrão*]
BRESSANE, Ronaldo. "Poeta do apagão". *Trip*, São Paulo, ano 15, n° 95, nov. 2001, p. 82.
BRITO, Antonio Carlos de (Cacaso). "Poesia de cabo a rabo II: vinte pras duas". *Leia Livros*, São Paulo, ano V, n° 53, dez. 1982-jan. 1983, pp. 20-21.
BRITTO, Jomard Muniz de. "Esquerda armorial e os outros, outras". *Nordeste Econômico*, Recife, vol. 18, n° 7, jul. 1987, pp. 46-47.
BUENO, Wilson. "Glauco Mattoso volta com o luxurioso 'Centopeia'". *O Estado de S.Paulo*, São Paulo, 4/7/1999. Caderno 2/ Cultura, p. D6. [resenha de *Centopeia*]
BUTTERMAN, Steven. "A dor estratégica em Deleuze e Mattoso". *Coyote*, Londrina, Paraná, n° 2, inverno de 2002, pp. 30-33.
CAGIANO, Ronaldo. "Maldito e incompreendido". *Viva Vaia*, Porto Alegre, n° 14, jan. 2005, p. 12. [resenha de *Melopeia*]
CALIXTO, Fabiano. "A maldição do mago marginal". *O Estado de S. Paulo*, São Paulo, 13/7/2008.

CAMARGO, Maria Lúcia de Barros. "Paulisseia ilhada". *Babel. Revista de poesia, tradução e crítica*, Santos, São Paulo, ano I, n° 1, jan.-abr. 2000, pp. 118-123. [resenha de *Paulisseia ilhada*]

CAMPOS, Rogério de. "Meu amigo nazista". *General*, São Paulo, n° 7, 1994. (páginas não numeradas) [resenha de *A bíblia do skinhead*]

CANGI, Adrián. "Glauco Mattoso: derivas fetichistas". *Tsé Tsé*, Buenos Aires, n° 11, 2002, pp. 94-99.

CASTRO JR., Chico. "Versos do underground trazem política, sátira e filosofia em livros". *A Tarde*, Salvador, 12/3/2008. Caderno 2, p. 3. [resenha de *Poética na política*]

CONTI, Mário Sérgio. "Muita conversa para pouca poesia". *Folha de S.Paulo*, São Paulo, 25/4/1982.

CARRASCO, Lucas. "O trunfo de Glauco é não ter os olhos sãos". *Brasil: Almanaque de Cultura Popular*, São Paulo, ano 9, n° 104, dez. 2007. (páginas não numeradas) [revista de bordo da TAM]

CARVALHO, Gilmar de. "Alteridade e paixão". *Cult*, São Paulo, ano VI, n° 66, fev. 2003, pp. 32-39. [Dossiê Cult: Literatura gay]

CORONA, Ricardo. "Comendo as conservas". *Gazeta do Povo*, Curitiba, 13/8/2001. Caderno G, p. 4. [resenha de *Melopeia*]

CYPRIANO, Fabio. "Glauco Mattoso faz desabafo em sonetos". *Folha de S.Paulo*, São Paulo, 30/8/2000. Caderno Ilustrada/Folha Acontece, Especial 1.

D'AMBRÓSIO, Oscar. "Os poéticos pés de Glauco". *O Escritor*, São Paulo, n° 95, mar. 2001, p. 34. [resenha de *Centopeia*]

DAMAZIO, Reynaldo. "Tratado de versificação". *Folha de S.Paulo*, 26/11/2010. Guia da Folha, p. 17. [resenha de *Tratado de versificação*]

DIEGUES, Douglas. "Melopeia: os sonetos musicados de Glauco Mattoso". *Folha do Povo*, Campo Grande, 10/3/2002, pp. D4-5. [resenha de *Melopeia*]

DOMINGOS, Jorge. "Porcarias aos peroleiros". *Alone*, São Paulo, n° 8, 1992, p. 26.

_____. "Notre pied-idolatrée" (sic). *O Capital*, Aracaju, ano IX, n° 73, ago. 1999, p. 9.

DUCCINI, Mariana. "O bruxo dos decassílabos". *Imprensa*, São Paulo, ano 16, n° 176, out. 2002, pp. 52-54.

DURÁN, Cristina R. "A volta do escracho caótico e intelectual". *Valor Econômico*, São Paulo, 6/12/2001. Caderno EU&, p. D8. [resenha de *Jornal Dobrabil*]

ESSINGER, Silvio. "O som de outras visões poéticas". *Jornal do Brasil*, Rio de Janeiro, 15/7/2001. Caderno B, p. 10. [resenha de *Melopeia*]

_____. "Subversões postais" e "Verdadeiro crochê de letras". *Jornal do Brasil*, Rio de Janeiro, 2/3/2002. Caderno Ideias, pp. 1-2. [resenha de *Jornal Dobrabil*]

FACCIONI FILHO, Mauro. "Notas sobre poéticas em andamento". *Rascunho*, Curitiba, ano 2, n° 22, fev. 2002, p. 10.

FEITOSA, Nelson. "Língua de poeta". *Sui Generis*, Rio de Janeiro, n° 6, out. 1995, p. 45.

FERNANDES, Carlos. "HQ de Glauco Mattoso". *O Poti*, Natal, 6/1/1991. Suplemento Revista, p. 2. [resenha de *Glaucomix*]

FERNANDES, Millôr. "A Glauco, onde estiver". *Jornal do Brasil*, Rio de Janeiro, 16/12/2001. Caderno B; *Argumento*, Rio de Janeiro, ano I, n° 1, out.-nov. 2003, p. 31.

FILIPPI, Marcos. "Chega ao país ala antirracista dos carecas". *Folha de S.Paulo*, São Paulo, 1/11/1993. Suplemento Folhateen, p. 1.

_____. "A origem dos skinheads". *Jornal da Tarde*, São Paulo, 23/7/1994. Suplemento Caderno SP, p. 2A. [resenha de *A bíblia do skinhead*]

FISCHER, André. "O retorno do podólatra". *G Magazine*, São Paulo, ano 3, n° 31, abr. 2000, p. 53. (entrevista)

FISCHER, Luís Augusto. "Precisão formal e ousadia temática em sonetos". *Folha de S.Paulo*, 14/5/2001. Caderno Folhateen, p. 11. [resenha de *Panaceia*]

FOLHA DE S.PAULO, 15/3/2008. Caderno Ilustrada, p. E8. [coluna "Vitrine"] [resenha de A maldição do mago marginal]
FONSECA, Elias Fajardo da. "Marginais do conto". Jornal do Brasil, Rio de Janeiro, 24/9/1977. Suplemento Livro. [resenha de Queda de braço]
FOSTER, David William. "A poesia homoerótica de Glauco Mattoso". Medusa, Curitiba, ano 1, n° 1, out. 1998, pp. 13-15.
FRANCIS, Otto. "Cego, podófilo, satírico e maldito". Rascunho, Curitiba, ano I, n° 7, nov. 2000, p. 11.
GALVÃO, Mário. "Literatura como combate". O Estado de S. Paulo, São Paulo, 13/11/1977. Suplemento Cultural, ano I, n° 57, p. 7. [resenha de Queda de braço]
GAMA, Rinaldo. "Trote, estranho ritual da Idade Média que persiste". Metrô News, São Paulo, 1/10/1984, p. 8.
GARCÍA, Juan F. "Glauco Mattoso: las irreverentes formas". Canecalón, Buenos Aires, n° 4, nov.-dez. 2004, pp. 16-17.
GIACOMINI, Paulo. "Surpresa mattosiana". G Magazine, São Paulo, ano 3, n° 28, jan. 2000, p. 21. [resenha de Paulisseia ilhada]
GIANNINI, Alessandro. "Sacanagem explícita made in Brazil" (sobre "o estreante Tadeu Sztejn"). Jornal da Tarde, São Paulo, 1/1/1990, p. 13.
GOGEL, Jersey. "Um homem fascinado por pé". Folha de Londrina, Londrina, Paraná, 23/12/1990, p. 4. [resenha de Glaucomix]
GONÇALVES FILHO, Antonio. "A transgressão agoniza no Brasil". Folha de S.Paulo, São Paulo, 28/11/1985, p. 41.
_____. "A cultura da escatologia". Folha de S.Paulo, São Paulo, 16/8/1986, p. 63.
GUEDES, Alberto. "Poesia, necessária poesia". IstoÉ, São Paulo, 9/12/1981, p. 16. [resenha de Jornal Dobrabil]
HANSEN, João Adolfo. "G. M. admerdável". Arte em Revista, São Paulo, ano 6, n° 8, out. 1984, pp. 81-85.
JOÃO NETO. "Glauco e os cegos que não querem enxergar." Gazeta de Mirassol, Mirassol, São Paulo, 21/2/2003. Caderno Cultura, p. 7.

JIMÉNEZ, Reynaldo. "El Contra-Perogrullo". *Tsé Tsé*, Buenos Aires, n° 11, 2002, pp. 90-91.

KLEIN, Paulo. "Quem se arrisca a botar a língua na papa? (Sobre a pornopoesia de Glauco Mattoso)". *Iris*, São Paulo, n° 353, out. 1982, pp. 26-27.

KLINGER, Diana L. "Dois antropófagos (des)viados: Glauco Mattoso e Roberto Piva". *Grumo*, Buenos Aires/Rio de Janeiro, n° 1, mar. 2003, pp. 106-111.

KODIC, Marília. "O poeta da visão avessa". *Cult*, São Paulo, ano 14, n° 155, mar. 2011, pp. 22-26.

LEÃO, Rodrigo de Souza. "Um sonetista pós-moderno". *Jornal do Brasil*, Rio de Janeiro, 1/3/2008. Caderno Ideias & Livros, p. 5. [resenha de *A aranha punk*]

LEMINSKI, Paulo. "O veneno das revistas de invenção". *Folha de S.Paulo*, São Paulo, 16/5/1982. Suplemento Folhetim.

LEMOS, Rafaella. "Em terra de faca, quem tem cego é rei". *Rascunho*, Curitiba, ano 9, n° 98, jun. 2008, p. 14. [resenha de *Faca cega*]

LIMA, Abdias. "Livros e humor". *Correio do Ceará*, Fortaleza, 24/6/1982. [resenha de *Jornal Dobrabil*]

LANDO, Vivien. "A musa irônica". *Visão*, São Paulo, 24/1/1983, p. 52. [resenha de *Línguas na papa*]

LEONES, André de. "A possibilidade do choque". *Jornal do Brasil*, Rio de Janeiro, 11/4/2009. Caderno Ideias & Livros, p. L6. [resenha de *Contos hediondos*]

LIMA, Carlos Emílio Correia. "Ideias corrosivas". *Visão*, São Paulo, 8/2/1982, p. 42. [resenha de *Jornal Dobrabil*]

LOMBARDI, Ana Maria. "Os arautos da poesia marginal". *Agora São Paulo*, São Paulo, ano I, n° 4, dez. 1983, pp. 27-29.

LONGO, Giovanna. "Poeta em cena leva ao palco poesia de Glauco Mattoso". *Em Cartaz*, São Paulo, n° 17, set. 2008, p. 66. [Guia da Secretaria Municipal de Cultura]

LOSNAK, Marcos. "Sonetos de pés sujos". *Folha de Londrina*, Londrina, Paraná, 5/7/1999. Suplemento Folha 2, p. 6. [resenha de *Centopeia*]

MACHADO, Alvaro. "Livraria de SP abre Festival dos Fetiches". *Folha de S.Paulo*, São Paulo, 29/2/2000. Caderno Ilustrada, p. 5.

MACHADO, Cassiano Elek. "Glauco Mattoso volta a pisar na literatura". *Folha de S.Paulo*, São Paulo, 24/6/1999. Caderno Ilustrada, p. 7.

———. "Glauco Mattoso relança o trabalho que o projetou". *Folha de S.Paulo*, São Paulo, 17/12/2001. Caderno Ilustrada, p. E4. [resenha de *Jornal Dobrabil*]

———. "Sociedade dos 'malditos' vivos". *Folha de S.Paulo*, 1/5/2004. Caderno Ilustrada, pp. 1 e 4.

MACIEL, Nilto. "O soneto-conto de Glauco Mattoso". *Diário do Nordeste*, Fortaleza, 22/2/2004. Caderno Cultura, p. 3. [resenha de *Contos familiares*]

MAGALHÃES, Henrique. "Tupiniskin: a perversão chega aos fanzines". *Nhô-Quim*, João Pessoa, n° 3, jul. 1990, pp. 14-15.

———. "O requinte underground dos quadrinhos em 'As aventuras de Glaucomix, o pedólatra'". *O Norte*, João Pessoa, 21/10/1990, p. 4. [resenha de *Glaucomix*]

MEDEIROS, Jotabê. "Gastão e a ordem excessiva de 'Musikaos'". *O Estado de S. Paulo*, São Paulo, 27/2/2000. Caderno Telejornal, p. 2.

MELLO, Ramon. "Glauco Mattoso: poeta da crueldade". *Saraiva Conteúdo*, São Paulo, ano 2, n° 3, mar.-abr. 2011, pp. 38-41.

MICHEL, Pierre. "Glauco Mattoso et 'Le jardin des supplices'". *Cahiers Octave Mirbeau*, n° 12, 2005, pp. 286-290. [periódico oficial da Société Octave Mirbeau, dirigida por Pierre Michel]

MIRANDA, Alvaro. "Muestra de poesía brasileña actual 1, independientes/marginales/alternativos". *Poética. Revista de Cultura*, Montevidéu, ano II, n° 2-3, verão-outono de 1985, pp. 17-26.

MONTEIRO, Nilson. "Ser poeta". *Folha de Londrina*, Londrina, Paraná, 11/5/1982, p. 15.

MOURA, Diógenes. "Glauco Mattoso, o adorador de pés". *Jornal da Bahia*, Salvador, 17/10/1986. Suplemento Revista, pp. 6-7.

MUNHOZ, Elizabeth & Vucovix, Irene. "O trote, ainda um domínio de sádicos". *O Estado de S. Paulo*, São Paulo, 7/3/1985, p. 70.

MURANO, Edgard. "Expressão sem limites". *Língua Portuguesa*, São Paulo, ano III, nº 38, dez. 2008, pp. 26-29.

NAHRA, Alessandra. "Embalagem do desejo". *IstoÉ*, São Paulo, 12/4/1995, pp. 68-70.

NASCIMENTO, Gilberto. "Volta o trote, no trem onde morreu calouro". *O São Paulo*, São Paulo, 8-14/3/1985, p. 6.

NASI, Eduardo. "O poeta maldito agora faz sonetos". *Zero Hora*, Porto Alegre, 3/6/2000. Segundo Caderno, p. 7.

_____. "Um maldito glaucomatoso". *Zero Hora*, Porto Alegre, 7/6/2000. Segundo Caderno, p. 5.

_____. "400 barrockismos". *Zero Hora*, Porto Alegre, 28/12/2000. Segundo Caderno, p. 8. [resenha de *Panaceia*]

OLIVEIRA, Nelson de. "De dentro do porão, sem luz ou rima". *O Globo*, Rio de Janeiro, 19/2/2000. Caderno Prosa & Verso, p. 4.

OLIVEIRA, Solange Ribeiro de. "A literatura e as artes, hoje: o texto coprofágico". *Matraga: Estudos Linguísticos e Literários*, Rio de Janeiro, v. 14, nº 21, jul.-dez. 2007, pp. 67-84. [revista do Programa de Pós-Graduação em Letras da UERJ]

ORNELLAS, Sandro. "Glauco Mattoso e a renovação da sátira barroca". Verbo, Brasília, maio 2000. [revista virtual, no www.sagres.com.br/verbo]

PAES, José Paulo. "Literatura, pornografia e censura". *Folha de S.Paulo*, São Paulo, 2/5/1982. Suplemento Folhetim.

_____. "Versos de inflexão satírica". *Jornal da Tarde*, São Paulo, 5/8/1989. Suplemento Caderno de Sábado, p. 7. [resenha de *Limeiriques*]

PEREIRA, Adilson. "O sexo das baratas e dos missionários". *Tribuna da Imprensa*, Rio de Janeiro, 9/6/1994. Caderno Tribuna Bis, p. 1.

PIGNATARI, Décio & XAVIER, Valêncio. "Glauco Mattoso volta à poesia". *Gazeta do Povo*, Curitiba, 7/7/1999. Caderno G, p. 1.

PINTO, José Alcides. "Quem tem medo de Glauco Mattoso". *Tribuna do Ceará*, Fortaleza, 26/4/1986, p. 24. [resenha de *Manual do podólatra amador*]

RAMSÉS, Moisés. "Glauco Mattoso lança as aventuras de Glaucomix". *A Tarde*, Salvador, 9/9/1990. [resenha de *Glaucomix*]

_____. "Não basta ter nome, tem de ser artístico". *Folha da Tarde*, São Paulo, 1/10/1990, p. 27.

RIBEIRO, Leo Gilson. "Janelas abertas". *Caros Amigos*, São Paulo, ano IV, n° 45, dez. 2000, p. 9. [comentário a *Panaceia*]

RIBEIRO NETO, Amador. "O poeta Glauco Mattoso em ritmo de rock e MPB". *A União*, João Pessoa, 10/11/2001. Suplemento Ideias, p. 22. [resenha de *Melopeia*]

RÓNAI, Cora. "Enfim, um alternativo de luxo". *Jornal do Brasil*, Rio de Janeiro, 1/11/1981. Caderno B, p. 10. [resenha de *Jornal Dobrabil*]

ROSA, Franco de. "Editoras queimam últimos cartuchos" (sobre o "novo e talentoso autor, Tadeu Sztejn, com sua série Roxana", no gibi *Tralha*). *Folha da Tarde*, São Paulo, 29/12/1989, p. 22.

_____. "Mattoso e Marcatti em gibi explícito". *Folha da Tarde*, São Paulo, 31/8/1990, p. 18. [resenha de *Glaucomix*]

ROSENBAUM, Yudith. "Filhos do terceiro sexo". *Leia*, São Paulo, ano XI, n° 136, fev. 1990, pp. 15-19.

RUBINSTEIN, Raphael. "In concrete language". *Art in America* #5, Nova York, maio 2002, pp. 118-123.

SCARTAZZINI, Elton. "Manual do pedólatra amador". *Cobra*, Porto Alegre, n° 9, mar.-abr. 1987, p. 27. [resenha de *Manual do podólatra amador*]

SCHWARTZ, Jorge. "Glauco Mattoso: um marginal à margem". *Lampião Esquina*, Rio de Janeiro, ano 3, n° 33, fev. 1981, p. 17.
SERPA, Leoní. "Rococó". UPF *Cultura*, Passo Fundo, Rio Grande do Sul, ano 1, n° 10, 1-2/4/2000, p. 7 (coluna "De olho nos livros"). (Universidade de Passo Fundo)
SILVA, Aramis Luis. "Festival celebra o fetiche em fotos, vídeos e palestras". *Jornal da Tarde*, São Paulo, 2/3/2000. Caderno SP Variedades, p. 3C.
SILVA, Marcos A. da. "Torturas cotidianas". *Folha de S.Paulo*, São Paulo, 13/5/1984, p. 64. [resenha de *O que é tortura*]
SILVA, Susana Souto. "O caleidoscópio Glauco Mattoso". *Língua Portuguesa*, São Paulo, ano III, n° 26, 2007, pp. 16-17.
_____. "Os sons do verso". *Língua Portuguesa*, São Paulo, ano 5, n° 63, jan. 2011, pp. 60-61. [resenha de *Tratado de versificação*]
SIMON, Iumna Maria & DANTAS, Vinícius. "Poesia ruim, sociedade pior". *Novos Estudos Cebrap*, São Paulo, n° 12, jun. 1985, pp. 48-61.
TERRON, Joca Reiners. "Contos hediondos". *Folha de S.Paulo*, 27/3/2009. Guia da Folha, p. 12. [resenha de *Contos hediondos*]
TRIDENTE, Joba. "Macros e micros e concretos e abstratos contos marginais". *Correio Braziliense*, Brasília, 11/9/1977. Caderno 2, p. 7. [resenha de *Queda de braço*]
"Trilhastrackstramos". *Tsé Tsé*, Buenos Aires, n° 7-8, outono 2000, pp. 102-105.
TRIP, São Paulo, ano 5, n° 27, jun. 1992, p. 66. (sobre podolatria)
VIEIRA, José Carlos. "O pé e esse desejo devasso". *Correio Braziliense*, Brasília, 20/11/2005. Caderno C, p. 5; *Diário Catarinense*, Florianópolis, 22/11/2005. [resenha de *A planta da donzela*]
VIEIRA, Paulo. "Do fim da comédia". *Cadernos de Teatro*, Rio de Janeiro, n° 108, jan.-fev.-mar. 1986, pp. 10-15.

VIEIRA, Yara Frateschi. "Brasil através dos seus poetas". *Revista das Letras*, Santiago de Compostela, Espanha, 11/5/2000, pp. 2-11. (suplemento do jornal O *Correo Galego*)

VOGT, Carlos. "Trote, um ritual perverso". *Folha de S.Paulo*, São Paulo, 20/2/1991, pp. 1-3. [comentário a *O calvário dos carecas*]

WILLER, Claudio. "Marginália: rótulos e realidades". *Folha de S.Paulo*, São Paulo, 28/2/1982. Suplemento Folhetim, n° 267, p. 3.

_____. "20 anos de poesia marginal". *D.O. Leitura*, São Paulo, ano 2, n° 15, ago. 1983, p. 20.

YAMAMOTO, Nelson Pujol. "Intelectuais e artistas selecionam as palavras de que mais gostam". *Folha de S.Paulo*, São Paulo, 4/12/1988, p. E-1.

_____. "O travesti da língua". *Folha de S.Paulo*, São Paulo, 2/7/1989. Suplemento Folha D, pp. 6-11.

ZARUR, Cristina. "No calcanhar de Alencar". *O Globo*, Rio de Janeiro, 10/12/2005. Caderno Prosa & Verso, p. 1. [resenha de *A planta da donzela*]

ZENI, Bruno. *Folha de S.Paulo*, 29/5/2009. Guia da Folha, p. 15. [resenha de *Cancioneiro carioca e brasileiro*]

Teses

BUTTERMAN, Steven Fred. "Brazilian literature of transgression and postmodern anti-aesthetics in Glauco Mattoso". Madison, University of Wisconsin, 2000. 264 p.

SILVA, Susana Souto. "O caleidoscópio Glauco Mattoso". Maceió, Universidade Federal de Alagoas, 2008. 151 f., com anexos. [tese de doutorado em Letras e Linguística]

Entrevistas

34 LETRAS, Rio de Janeiro, n° 5-6, set. 1989, pp. 298-303. (entrevista sobre o *Jornal Dobrabil*)
"A grande perversão de Glauco Mattoso". *Private*, São Paulo, ano II, n° 15, fev. 1986, pp. 14-15.
AMORIM, Maria Alice. "Contracultural desde sempre". *Continente*, Recife, ano IX, n° 97, jan. 2009, pp. 4-7.
ARAÚJO, Felipe. "O hoje no amanhã". *O Povo*, Fortaleza, 25/1/2004. Suplemento Vida & Arte, pp. 4-5.
ASSIS, Júlio. "Sonetos coléricos devassam a política". *O Tempo*, Belo Horizonte, 22/5/2004. Caderno Magazine, p. C3.
ASSUNÇÃO, Ademir. "Glauco fez crac com a literatura". *O Estado de S. Paulo*, São Paulo, 16/1/1987. Caderno 2, p. 1.
_____. "I am a tupinik, eu falo em tupinik". *Medusa*, Curitiba, ano 1, n° 1, out. 1998, pp. 2-15.
BARBOSA, Fabio da Silva. "Entrevistando o poeta". *O Berro*, Niterói, ano I, n° 8, jun. 2009, pp. 5-6. In: BARBOSA, Fabio; MENDES, Alexandre & BASTOS, Winter, *Um ano de Berro: 365 dias de fúria*. Brasília: Editora Independente, 2010, pp. 70-73.
BASÍLIO, Astier. "O retorno da poesia às suas origens". *A União*, João Pessoa, 13-14/3/2004. Suplemento Correio das Artes, pp. 4-5.
BIONDO, Sonia. "Eles preferem os homens". *Marie Claire*, São Paulo, n° 3, jun. 1991, pp. 43-46.
CAMARGO, Maria Lúcia de Barros. "Sobre 'poesia marginal' e outras marginalidades: bate-papo com Glauco Mattoso". *Babel*, Santos, São Paulo, ano I, n° 2, maio-ago. 2000, pp. 21-41.
CANGI, Adrián. "Glauco Mattoso: 'Lo que se dobla ya no puede ser doblado'." *Tsé Tsé*, Buenos Aires, n° 11, 2002, pp. 84-89.
CARNEIRO, Paulo. "Glauco Mattoso, o Ramos Tinhorão do rock brasileiro". *Diário do Grande ABC*, Santo André, 23/10/1988. Caderno C, p. 1.

CORTEZ, André. "As trevas de Glauco Mattoso". *Sentidos*, São Paulo, ano 1, n° 9, set. 2002, pp. 34-36.

DAMAZIO, Reynaldo. "Poesia rebelde de Glauco Mattoso". *Revista Marco*, São Paulo, ano 2, n° 6, ago.-set. 2003, p. 4. (Universidade São Marcos)

FARIA, Álvaro Alves de. "A poesia do escárnio". *Rascunho*, Curitiba, ano 4, n° 38, jun. 2003, p. 11.

_____. "Glauco Mattoso". In: *Pastores de Virgílio: a literatura na voz de seus poetas e escritores*. São Paulo: Escrituras, 2009, pp. 123-127. [entrevista originalmente publicada em 2003 no jornal *Rascunho*]

FUKUSHIMA, Francisco. "Glauco Mattoso, o Cascão da literatura marginal". *Diário do Grande ABC*, Santo André, São Paulo, 30/12/1986, p. 12.

GOMES, Heloiza. "Poesia na ponta dos pés". *Sui Generis*, Rio de Janeiro, ano V, n° 48, 1999, pp. 44-47.

GRECO. "O tesólogo da libertação". *Sarah Domina*, Teresópolis, Rio de Janeiro, n° 3, nov. 1996, pp. 4-5; 10-11.

IVANO, Rogério. *Portuguêis Klandestino*, Londrina, Paraná, n° 2, inverno de 1991.

JAIME, Yuri Pereira. "Glauco Mattoso". *Livro Aberto*, São Paulo, ano II, n° 6, nov. 1997, pp. 11-16.

JESUS, Leonel de. "A odisseia poética e podólatra de um Homero paulistano". *Umbigo*, Lisboa, n° 15, dez. 2005, pp. 40-42.

KHOURI, Diego El. "Glauco Mattoso, o poeta da crueldade". *Cama Surta* (fanzine), n° 1, ago. 2010.

LHAMAS, Sérgio. "Quem tem medo de Glauco Mattoso? Ele não tem." *Folha da Tarde*, São Paulo, 23/3/1987, p. 2.

_____. "Glauco Mattoso 2: a matéria". *Folha da Tarde*, São Paulo, 27/4/1987, p. 4.

LUCENA, Antonio Carlos. "Jornal Douto Preto, estrelando Mlauco

Gatoso". *Poesia Livre*, Ouro Preto, Minas Gerais, número extra, primavera de 1982. [entrevista ao poeta que se assinava Touchê]

MAGGIOLI, Marcus. "Aos pés da poesia marginal". *Diário da Manhã*, Goiânia, 12/10/2003. Caderno DM Revista, p. 3.

MAGI, Luzdalva Silva. "Além da visão". *Diário do Grande ABC*, Santo André, São Paulo, 25/7/2010, Caderno Cultura & Lazer, p. 7.

"MARGINAL". *Experimento*, São Paulo, n° 1, mar.-jun. 1981. [entrevista ao jornal-laboratório do curso de jornalismo da PUC-SP]

MILARÉ, Sebastião. "Glauco Mattoso: transgressão moral, subliteratura?". *Artes: São Paulo*, ano XXII, n° 62, dez. 1986-jan.-fev. 1987, pp. 10-12.

MORAES, Marcos. "Glauco Mattoso: rock e poesia". *Advênis*, São Paulo, n° 6, fev. 1990, pp. 3-8. [folhetim dos alunos de Letras da USP-SP].

NANINI, Lucas. "Doença dá origem a pseudônimo de poeta". *Check-Up*, São José dos Campos, São Paulo, ano 8, n° 84, nov. 2004, p. 8. [entrevista na matéria "Pressão que cega: glaucoma é um dos principais causadores de cegueira no mundo; doença se caracteriza pelo aumento da pressão intraocular"]

NESI, Augusto. "Desossando Glauco Mattoso: a unha encravada na poesia brasileira". *Invertebrado*, Caxias do Sul, Rio Grande do Sul, ano 2, n° 2, dez. 2004, pp. 22-29.

"O poeta põe, a crítica tica". In: MASSI, Augusto (org.). *Artes e ofícios da poesia*. Porto Alegre: Artes e Ofícios, 1991, pp. 161-170. [depoimento sobre a produção poética]

PEREIRA JUNIOR, Luiz Costa. "Nas margens da poesia". *Língua Portuguesa*, São Paulo, ano III, n° 26, 2007, pp. 12-17.

PIRES, Roberto. "A idolatria do pé". *Correio da Bahia*, Salvador, 21/10/1986. Segundo Caderno, p. 1.

PREVINA-SE (publicação do GAPA), São Paulo, ano III, n° 7, jul.-ago. 1990, p. 5. [entrevista sobre "homossexualidade e cidadania"]

RAMO, Severino do. "Pedolatria a 4 mãos". *Nhô-Quim*, João Pessoa, nº 5, jan. 1991, pp. 3-5. [entrevista a Severino, juntamente com Marcatti, coautor do álbum de HQ *As aventuras de Glaucomix, o podólatra*].

ROSEMBERG, André. "Com os pés nas costas". *Página Central*, São Paulo, ano 3, nº 21, nov. 1999, pp. 32-35.

ROSSI, Wilton & Trindade, Vivaldo. "Uma entrevista com Glauco Mattoso". *Verbo*, Brasília, maio de 2000. [revista virtual, no www.sagres.com.br/verbo]

SCHEIMANN, Tino. "Clauco [sic] Mattoso". *Combat-Zine* #1, Sömmerda, Alemanha, 1999, pp. 15-16.

TAVARES, Ulisses. "Poetas que (ainda) não foram pra escola!". *Discutindo Literatura*, São Paulo, ano 3, nº 15, 2008, pp. 44-45.

TIGRE, Thalita. "Podolatria: os pés que fazem a cabeça". *Blow Up*, Campinas, São Paulo, ano 1, nº 4, mar. 2010, pp. 52-53.

"Um papo com Glauco Mattoso". *O Trem Itabirano*, Itabira, Minas Gerais, ano IV, nº 32, abr. 2008, p. 6.

VASCONCELOS, Frédi. "Um poeta sujo". *Revista dos Bancários*, São Paulo, nº 72, nov. 2001, pp. 14-17.

WEINTRAUB, Fabio. "Entrevista: Glauco Mattoso". *Cult*, São Paulo, ano IV, nº 39, out. 2000, pp. 4-9.

XAN. "Pedolatria: entrevista com Glauco Mattoso". *Chouriço Shake* #6, Volta Redonda, Rio de Janeiro, 2000.

Este livro, composto em tipografia Electra e
diagramado pela Alaúde Editorial Limitada, foi
impresso em papel Pólen Soft oitenta gramas pela Ipsis
Gráfica e Editora Sociedade Anônima no ducentésimo
trigésimo quinto ano da publicação de *As obras
poéticas do dr. Gregório de Matos Guerra e neste com a
vida do poeta escrita por Manoel Pereira Rebelo*.
São Paulo, junho de dois mil e onze.